세
미
광
세

세미 팡세

ⓒ 김은실, 2021

초판 1쇄 발행 2021년 3월 31일

지은이   김은실
펴낸이   이기봉
편집   좋은땅 편집팀
펴낸곳   도서출판 좋은땅
주소   서울 마포구 성지길 25 보광빌딩 2층
전화   02)374-8616~7
팩스   02)374-8614
이메일   gworldbook@naver.com
홈페이지   www.g-world.co.kr

ISBN   979-11-6649-494-9 (03810)

김 은 실 지음

좋은땅

세상에는 두 부류의 사람이 있다.

하나는, 자신이 죄인이라고 생각하는 의인이고,

또 하나는, 자신이 의인이라고 믿는 죄인이다.

블레이즈 파스칼(Blaise Pascal), 《팡세》 중에서

추 천 사

은실 사모를 생각하면 1970년대 초 동네에 텔레비전이 하나밖에 없었을 때, 남의 집 울타리 너머로 보았던 사극 속의 댕기머리 아가씨를 연상하게 된다. 그래서 '은실 사모'보다는 '은실 씨'라고 부르게 된다. 그녀의 손글씨는 신명조체를 닮았다. 그녀의 삶도 명조체처럼 오래 만나도 모나지 않고 편하다.

그녀의 성품은 **휴먼 둥근 헤드라인체에 가깝다. 반듯하고 선이 굵다.**

그러나 때론 휴먼편지체와 같은 웃음을 주는 멋도 안다.

잊을 만하면 날아오는 그녀의 글은 다른 듯 비슷하게 살아가는 우리 이야기다. 홀로 빛나는 성공이나 가슴 무너지는 실패의 아픔이 아닌, 어제 오늘 내가 만났고 만나는 생활 속에서 찾게 되는 이야기다.

은실 씨는 지나쳐버릴 수도 있었던 일상 속에 숨겨진 반짝이는 기쁨을 건져낸다. 그래서 그녀의 짧은 글을 읽을 때면 프리지아 향을 맡게 된다.

그녀는 실제로 초가을에 들에서 만나는 들국화에 가깝다. 그녀의 글엔 꽃향기도 있지만 막 설거지를 마친 아내의 고단함도 아주 조금 섞여 있다.

그녀의 아이들이 쏟아낸 천사의 방언들은 하나님이 우리에게 주신 감성과 지성의 본질을 깨닫게 한다.

그녀가 결혼식을 앞두고 40일 동안 날마다 새벽 5시부터 정오까지 기도하고 성경을 읽으면서 하나님 앞에 홀로 앉아있었다는 이야기를 들은 적이 있다. 그 시간을 오롯이 집중하려고 밤이면 물 마시는 것도 아꼈다는 그녀의 헌신이 놀라웠다.

목회자의 사모로 산다는 것이 얼마나 지난한 길인지 난 알지 못한다. 하지만 그 바쁜 삶 가운데서도 옥상에서는 고구마를 수확하고 감자를 심는 그녀는 바지런하다.

국문학을 전공해서 글 쓰는 일에서 마음을 멀리하기 쉬운데 삶의 순간순간을 놓치지 않고 기록해 온 그녀의 글들을 읽으면서 생각한다. 하나님이 우리에게 허락하신 것은 아름답고 선하지 않은 게 없다는 것을….

그녀가 책을 쓰겠다는 약속을 지키게 되었으니 감사할 일이다.

마음이 기운을 잃고 누군가에게 말을 붙이기도 귀찮다면 이 책을 읽어 보길 권한다. 같은 시대를 사는 또 다른 우리를 만나게 된다.

강 금 주 (월간 '십대들의 쪽지' 발행인)

추천사

김은실 시인의 《세미 팡세》가 우리 앞에 나왔다.

오랜 세월 목회자의 아내로서 마음에 담아 두었던 글들을 모아 펴낸 책이다. 자기소개에서 시인 앞에 묵상가라고 했는데, 글을 읽으면서 보니 자신을 묵상하는 사람이라고 매김한 것이 너무 적절하다.

다들 바쁘고 바쁜 시대다. 어디로 달리는지, 알면서 달리는지 모르고 달리다가 '여기가 아닌가 봐' 하고 돌아가는 이들이 얼마나 많은가?

묵상하는 이는 자신의 삶을 반추하고 침묵하면서 돌아본다.

《세미 팡세》는 그 침묵과 사색의 자리에서 주님의 음성을 듣고 시대의 풍조를 분별한 귀한 묵상집이다.

한 꼭지씩 읽으면서 감탄과 미소와 가슴 뭉클함을 느낀다. 어떻게 이런 생각을 했을까? 어쩌면 이런 표현을 찾았을까? 글쓰기에 공을 들인 흔적이 곳곳에 보인다.

시간을 내서 읽으면 후회하지 않을 마음의 보석들이 담겨 있다. 곁에서 지켜봐 온 사람으로 기쁘게 일독을 추천한다.

권 오 헌 목사 ('서울시민교회' 담임)

추천사

　한 사람이 하는 말을 들으면 그 사람의 인격을 어느 정도 짐작할 수 있다. 그 사람의 글을 읽으면 그 사람의 생각을 미루어 짐작할 수 있다. 그런데 어떤 글을 읽으면 그 사람의 삶을 더듬어 알 수 있다. 이 글을 읽으면서 나는 저자 김은실 사모의 세 가지 면을 다 그려 볼 수 있었다.

　글들 중에서, 반복이 삶을 지루하게 만들 수 있지만 반복의 힘이 세상이 돌아가게 한다는 말이나, 엄연히 꽃인 채송화를 잡초 취급한 것을 생각하면서 자신의 삶을 돌아본 이야기 등이 마음에 다가온다.

　가장 내게 다가왔던 글은 자녀들이 어렸을 때 했던 말들을 기록해 놓은 것이다.
　많은 사람들이 자녀를 키우면서 자녀들의 사진은 많이 찍고 또 정리도 해 놓지만 이렇게 아이들이 했던 말을 일일이 기억해서 기록해 놓은 경우는 별로 없을 것 같다. 나중에 아이들이 성장해서 이 글을 보면 엄마에게 고마워할 것 같다.
　'택배가 왔는데 왜 배를 주지 않느냐'고 떼를 쓴 것이나, 잠을 깨우니까 "꿈 좀 꾸자!"라고 소리친 딸의 이야기가 정겹게 들린다. 아들이, 엄마, 아빠의 방귀소리를 비교하면서 "그러다 싸요!"라고 말한 것을 읽고는 웃음이 터져 나오기도 했다.

이 글을 읽고서 저자의 생각이나 삶에 공감하는 사람들이 있다면 이런 식으로 자신의 삶을 다른 사람들과 나눌 수 있으면 좋겠다.

방 선 기 목사 ('일터사역원' 이사장)

추 천 사

비대면(非對面) 시대(時代)의 빛

코로나 비대면 시기에 숨도 막히고 대화할 사람도 없어 영적으로 매우 깊은 침체에 빠져 우울하였는데, 이 우울증(憂鬱症)을 떨쳐 줄 치료제를 개발한 분을 기꺼이 소개하며 박수를 보낸다.

이 분이 바로 김은실 사모님이다(서울서광교회).

김은실님의 에세이는 먼저 가히 폭발적인 에너지를 가지고 있다.

사람의 생각과 사고(思考)를 짧은 몇 마디의 단어로 나타낸다는 일이 그리 만만하지는 않다. 왜냐하면 단어로 나타내는 것이 의미(意味)를 품고 있어야 되고, 그 의미는 사람들의 심령에 잘 박힌 못자국 같은 흔적으로 새겨져 있어야 하기 때문이다. 소위 화육(化肉) 인카네이션(incarnation)이라는 뜻과 그 궤를 같이하고 있다. 그런데 김은실님은 이 모든 요소 세 박자를 다 골고루 갖추고 있다.

둘째로, 김은실님의 에세이를 보면 언어의 재료를 가지고 맛을 내는 마치 호텔 주방의 셰프와 같다 할 수 있겠다.

김은실님은 짧은 몇 마디의 글에 함축적인 의미를 담고 사람들의 심령을 움직이고 일어나게 만드는 에너지를 가지고 있을 뿐만 아니라 단문에서 쏟아지는 영적 파워가 놀라울 뿐이다.

호텔 주방 책임자인 셰프는 동일한 재료를 가지고도 자기만의 음식의 색깔과 맛을 낼 줄 아는 카리스마(才能)를 가지고 있으므로 사람들은 그를 우러러본다.

김은실님은 이런 점에서 고려문학회의 최근에 떠오르는 해와 같고 미디안 광야에서 양들을 키우던 어느 목자의 지팡이와 같은 역할을 할 수 있는 무한한 가능성을 지니고 있음에 찬사와 박수를 보낸다.

이런 점에서 고려문학회를 책임지고 있는 한 사람으로서 볼 때 쾌거라 할 수 있다. 뻘 구덩이에 잃어버렸던 진주보화를 발견한 것처럼 놀라움을 금할 수 없다.

《세미 팡세》 출간을 축하하며, 또한 앞으로 더 좋은 글들을 펴냄으로 어둡고 무질서한 이 세상에 부디 환한 조명을 비춰주기를 바랄 뿐이다.

지 은 재 목사 ('일산백석교회' 담임, '고려문학회' 회장)

추천사

　저는 오래전부터 김은실 사모님의 글은 빠짐없이 읽었던 애독자입니다. 인터넷 갈릴리마을이라는 온라인 공동체 한 게시판에 사모님께서 귀한 글들을 나누어 주셨기 때문입니다.

　사모님의 글은 장황하지 않고 간결하면서도 깊은 메시지와 교훈을 담고 있는 글이기에 제가 참 좋아합니다. 솔직히, 저는 문서사역자이기에 불가피하게 자주 글을 써야 하는 사람으로서, 사모님처럼 간결하면서도 함축적인 글을 쓰는 재능이 없습니다. 그래서 항상 부러워했습니다. 이번에 사모님의 글들을 모아 펴내는 이 책자에 실린 글들도 처음부터 끝까지 다 읽으며 같은 부러움과 존경심을 가졌습니다.

　깊은 영적 교훈이 담긴 글, 미소 짓게 만드는, 짧지만 깊은 메시지의 유머들, 우리 일상 속에서 놓치며 살았던 감사와 행복의 조건들을 기억하게 만드는 사모님의 글들을 읽으며 내내 행복했습니다.

　저는 특히 사모님께서 예전에 어린 자녀(혜림, 우성)의 성장기 때 나누어주신 '혜림이, 우성이 어록' 글들에 대한 열렬한 애독자였는데, 단지 저뿐만 아니라 우리 인터넷 공동체 식구들 모두의 동일한 반응들이었습니다. 그런데 언제부턴가 그런 글들이 뜸해져서 너무 서운했는데, 이번 책에 자녀들 어록이 많이 실려 있어서 더욱 반갑고 즐거웠습니다.

언제나 어린아이들은 우리 어른들을 웃음짓게 만드는 능력자들입니다. 한창 성장기 중에 우리 어른들을 웃음 짓게 만드는 아이들의 기묘한 언어들을 놓치지 않고 채록해서 나누어 주신 사모님께 거듭 감사를 드립니다.

제가 존경하고 좋아하는 김은실 사모님의 이 귀한 책을 믿음의 여러 식구들께 권하고 싶습니다.

최 용 덕 (월간 '해와달' 발행인, 성가 작사작곡가)

추천사

　이 책은 오래된 책이다. 작가의 품속에 이렇게 오래 저장되었던 이야기가 책이 되었다. 작가의 글들은 대개 성질이 급하다. 그 새를 참지 못하여 일찍 빛을 보려고 설치는 바람에 설익은 말들이 많이도 흘러나온다.

　하지만 이 책에는 몇 년을 기다린 포도주나 치즈, 해묵은 김치처럼 깊은 맛이 난다. 짧은 글에서 사람 냄새가 묻어난다.

　이 책에서는 한 사람의 자칫 사소하면서도 하찮은 이야기들이 사실은 같은 시대를 살아온 우리의 이야기라는 것을 일깨워주는 작가 재능이 발현된다. 놀랍다. 작가는 문학을 전공했으나 철학자의 마음을 가졌고, 생각 없이 하루를 보낸 적이 없어 보일 만큼 이 시대의 구체적인 면면을 성찰하며 살아왔다.

　짧은 이야기들이지만 여기에는 작은 마술이 있다. 읽다 보면 어, 이건 내 이야기인데… 하는 이야기의 교차점을 만나게 된다는 것이다. 작가의 반짝이는 재치와 관찰력이 우리를 이야기의 세계로 몰입하게 한다. 그리고 이야기 몇 개를 음미하다 보면 몇 년의 세월을 홀쩍 훑어 지나가는 타임머신의 속도를 느낄 수 있다. 사소한 일상이 결코 흔한 우연이 아닌 것을 김은실 사모의 눈으로 독자들이 함께 볼 수 있으리라 생각하며 이 책을 추천한다.

하 재 성 교수 ('고려신학대학원' 교수)

프롤로그

1997년, 31세 동갑내기 조석연, 김은실의 세 번째 만남 자리….

나는 마흔 살 정도 되면 책을 내고 싶다고 말했다.

교회 중직의 자녀, 신학대 아닌 일반대, 되도록 문학전공자를 배우자로 원했던 조석연 씨(당시 전도사)는 김은실의 이 말이 맘에 들었단다.

우리는 만난 지 채 4개월도 안 되어 32세에 결혼했고, 33세에 첫 아이를 낳았다.

그리곤 마흔이 넘고 쉰이 넘도록 나는 책을 내지 않았다. 내가 사기 친 건가?

남편이 내게 '속아서 결혼'하지 않았음을 증명하기 위해서라도 나는 책을 내야만 한다. 하하!

말, 글, 책, 사진, 영상의 홍수 속에서 내 짧은 말들이 보태어지는 참사를 일으키고 싶지 않았지만, 남편을 위해, 내 자신을 위해, 한 줄 글과 사진에 무릎을 칠 몇몇 그분들을 위해 내 생각조각들을 조심스레 내보이는 바이다.

'말은 잘해!'라고들 말한다. 그러나 말이라도 똑바로 해야지, 생각이라도 바르게 해야지, 다짐이라도 옳게 해야지… 비록 행동은 미완성일지라도….

누구나 '평생' 미완성이다. 완성됐다고 하는 이 있다면, 거짓말쟁이!

생각이라도, 한마디 말이라도 지혜와 지식이, 깨달음이, 음미하고픈 명제들이 스치듯 감지되면 메모해두곤 했다. 대체로 2003년 이후의 글들 중에서 골랐다. 그 이전 글들은 이 책의 반응을 봐서 따로 모아볼 예정…^^

나의 이 짧고 모지란 글들이 몇몇 분들에게나마 여운을 줬으면 하는 바람이다. 실제로 내 글들은 길이가 짧다. 나는 긴 글은 쓰기 싫어하고 읽기도 싫어하는 편, 짧되 명쾌하고 센 한 방을 날리는 글들을 좋아한다.

국문과 출신이긴 하지만 문어체보다는 구어체로 편하게 쓴 글들이어서 어법에 어긋나는 부분들도 있고 이모티콘 같은 것들도 있고 하니, 너그러이 이해해 주시길…. 이모티콘 또한 현시대의 언어문화이고, 후대 언젠가는 고어처럼 연구대상이 될지도 모른다.

평소처럼 말해 본다. (정말 평소처럼이다. 그런데 요즘 이런 팔불출 멘트를 하려면 요금납부 먼저 해야 한다는데… 크크….)

우주에서 젤 멋진 우리 남편 석연님!

우주에서 젤 예쁜 우리 딸 혜림,

우주에서 젤 귀여운 우리 아들 우성,

감사하고 축복합니다!

여보, 나 사기 친 거 아니지? 푸하….

주후, 서기, A.D. 2021년, 55세 **김 은 실**

차 례

단상

잎 클로버/ '헬조선' 유감/ 내가 나팔꽃을 싫어하는 이유/ 겨울아 익어라!/ 봄은 왜 봄일까?

신앙 단상

인생 is…/ 교회 is…/ 크리스천 is…/ 폭주족의 비애/ 문제我/ 요셉을 읽으며/ 다보장 보험/ 불행 중 다행/ 탱자나무 묵상/ 이래도 못 믿겠냐?/ 보혈 리필이 없다면?/ 아빠 성경사전의 '주후 2001년'/ 18k 인생/ 도금, 특수 도금, 24k/ 포지티브와 네거티브/ 하나님 아저씨(?)/ 삼박자/ 메러디스 빅토리호의 기적/ 창세기 1장 1절/ 낙타와 말/ 딸빵 철학/ 바통/ 연장의 중요성/ 다윗의 물맷돌/ 김 일병에게도 '그대'가 있었다면…/ 백성, 군사, 용사/ 3소/ 목동의 아내/ 철학의 끝/ 아들이니까!/ 하나님, 토닥토닥…/ 낙엽처럼 바스러지거라!/ 전도의 시공간/ 나는 하나님의 수양딸/ 하나님과 주부들의 공통점/ 예수 보험/ 자식이 뭔지…

사진 묵상

쪼르르 키 순서대로/ 해는 져도/ 재림 대망/ 왼쪽만 둘/ 탈출구 1/ 탈출구 2/ 동지/ 상징/ 유대 광야에서/ 하여가/ 1등급보다도 값진/ 기분 좋아지는 사진/ 길 잃은 달팽이/ 살아야 한다/ 영적 탯줄/ 작은 나를 기억하시옵소서

우리 아가들 어록

기고문

시

단상

역시 인명은 재천

- 2003.11.13.목.

전동보드를 타다 뒤로 넘어지는 바람에 어느 30대 남자가 뇌출혈로 죽었다는 뉴스를 들었다. 불현듯 내 과거사가 생각났다.

내가 스물한 살 때, 부산에 놀러 가서 난생 처음 롤러스케이트를 타다가 그만 뒤로 꽈당 넘어졌다. 즉시 지름 3㎝ 정도의 혹이 머리에 돋아서 나는 내 머리가 어떻게 될 줄 알았다. 너무 놀랐지만 그 후 건강상의 안 좋은 징후는 다행히 없었다.

오늘 이 뉴스를 듣고 나니 다시 한번 그때가 생각나서 아찔하다. 그때 난 죽을 수도 있었던 것이다.
역시 인명(人命)은 재천(在天)이다. 나는 귀한 목숨이다!

나는 미인이다!

- 2004.6.15.화.

2004년 6월 13일자 모 인터넷 뉴스에서, 한 20대 여성이 뚱뚱해서 취업도 안 되고 사람들의 놀림받는 것을 비관하여 목매 죽었다는 소식을 접했다. 참으로 슬픈 일이다. 현대의 외모지상주의가 불러온 또 하나의 희생양이다. 앞으로 얼마나 더 이러한 비극이 되풀이될 것인지….

미인의 기준이란 것도 사실 인간들의 산물이다. 아무 근거도 없이 하나님의 위대한 창조물인 개인에 등급을 매겨가며 미인이니 추녀니 추남이니 따지는 것 자체가 참 우스운 일이다. 허망하고 덧없는 외모 논리가 사람을 죽음으로까지 내모는 세상이 되었으니 참으로 개탄스럽다.

사실 지구상의 모든 인간은 나름대로 '미인'이다. 하나님의 걸작들인 것이다. 이참에 나는 미인의 기준이 바뀌었으면 좋겠다. 누구는 피부 미인이고 누구는 머릿결 미인, 누구는 치열 미인, 누구는 보조개 미인,… 목소리, 속눈썹, 발가락, 어깨, 콧망울, 귓불, 걸음걸이 등등 미인으로 칭할 수 있는 요소는 무궁무진하다.

나를 비롯하여 지구상의 모든 사람은 미인이라는 의식을 우리 스스로들부터가 가져야 할 것이다. 이렇게 외쳐 보자. 나 ○○○ 은(는) 미인이다! 다른 사람들도 모두 미인이다!!

센 유혹   - 2005.2.

이브의 유혹보다
이불의 유혹이 더 세다.
이 겨울 새벽엔….

소시민의 단잠

- 2005.7.30.토.

전 안기부 불법 도청 테이프 때문에 요즘 온 사회가 시끄럽다. 내용을 공개해야 한다, 안 해야 한다, 의견이 분분하다.

잠 못 이룰 사람들이 어디 한둘이랴… 만약에 공개될 경우 그야말로 '인생 아작 날' 사람들이 많은 것이다.

나 같은 소시민들만이 단잠을 잘 수 있는 특권을 누린다. 이럴 땐 소시민인 게 얼마나 다행인지….

어쭙잖은 권력과 명예와 부와 환락을 누리고자 온갖 권모술수 속에 인생을 저당 잡혔던 그 높으셨던 어른들이 왜 이리 불쌍하게 여겨지는지….

이제 잠자리에 들어야겠다.

선빵을 날려라!

- 2006.7.

사랑의 선빵을 날려라. 이길 것이다.
용서의 선빵을 날려라. 평안할 것이다.
웃음의 선빵을 날려라. 즐거울 것이다.

주제 파악과 분수 알기

- 2006.11.16.목.

흔히 우스갯소리로, '국어를 잘하면 주제 파악을 잘하고, 산수를 잘하면 분수를 안다'고 한다.

이러한 농담도 곱씹어보면 진담스럽다(?).

요컨대 학문의 바람직한 목적은 '바른 인간 되기'다.

그런데 실제 우리 사회 실태를 보자면 식자가 무식자보다 인격적으로 더 못한 경우가 많으니 통탄스러울 뿐이다.

반복하자면, 배움이 높을수록 인간 존재에 대해서 '주제를 파악'하고 '분수를 알게' 되어야만 한다.

돌팔이 부모

- 2006.12.5.화.

의사도 돌팔이 의사가 있듯 부모도 돌팔이 부모가 있다.

돌팔이 의사는 일부 사람의 '암'을 못 고치는 데 그치겠지만, 돌팔이 부모는 한 사람을 '암적인' 존재로 만들어, 온 사회를 뒤흔들어 놓을 수도 있다.

생명을 다루는 의료행위보다도 부모노릇 한다는 것이 어쩌면 더 어렵다.

엄마들이 많이 모인 자리였는데, 한 엄마가 얘기했다.

어느 집 아이는 아빠가 대신 써 준 글로 글쓰기 상을 받았는데, 자기 아이보다 평소에 글을 못 쓰는 아이였단다. 그래서 이 엄마는 흥분상태가 된 것이다. "아니, 선생님들은 애가 쓴 글인지 어른이 쓴 글인지도 구별 못 하나 봐요?"

그 얘길 듣고 나는 "그 부모가 멍청이네요"라고 말해 줬다. 그렇게 애를 키우는 것은 바로 '돌팔이짓'이다. 그 아이가 어려서부터 배우는 것은 거짓과 속임수이기 때문이다. 거짓에 내성이 생겨가다가 성장한 이후에 어떤 비리나 부조리에도 거리낌 없이 동참하게 된다면? 바로 사회의 암적인 존재가 탄생하는 것이다.

돌팔이 부모의 행태는 여러 가지겠으나, 정직을 가르치지 않는 부모야말로 돌팔이 부모 중 으뜸이라고 생각한다.

줄 없는 번지점프? - 2007.1.30.화.

CBS FM 라디오 〈뉴스야 놀자〉 코너를 들으면 아주 재밌다. 시사 개그맨을 자처하는 노정렬 씨가 진행하는 프로인데, 게스트로 개그우먼 양희성 씨가 나오곤 한다.

오늘 양희성 씨 멘트 중, "이, 뭐, 줄 없이 번지점프하라는 소리야?" 내지는 "호미 들고 고기 잡으러 가려는 거야?" 등이 날 또 웃겼다.

이 말들을 곰곰이 생각해 보면 참 '언중유골'이다.
뒤틀린 인생들의 행태가 이런 거 아닌가. 줄도 없이 번지점프하려는 것처럼 알맹이 없고, 무의미하며 위험하기 짝이 없는 삶을 영위하는 사람들이 있는가 하면, 호미를 들고 고기를 잡으러 가는 것처럼, 핵심을 찾지 못한 채 엉뚱한 방향으로 내닫는 사람들이 그 얼마나 많은가.

어떤 이들에게는 '줄'을 얻으려는 필사적인 노력이 필요하며, 어떤 이들에게는 바다 대신 '밭'을 찾아내는 노력이 절실히 요구된다.
나는 과연 줄을 갖추고 점프하는 중인지, 호미로 밭을 갈고 있는 중인지?
요컨대, 제대로 된 가치관을 갖고 삶을 살고 있는지? 내 삶의 목적과 목표에 맞게 시간, 물질, 건강 등을 사용하고 있는지?
그렇지 않다면, 우리네 인생은 아무리 열심히 살아낸다고 해도, 줄 없는 번지점프, 호미 들고 고기 잡는 것에 불과하다.

가슴의 철띠

- 2007.4.25.수.

외국 동화 〈개구리 왕자〉를 보면, 왕자가 마법에 걸려 개구리가 된다. 왕자의 신하 중 한 사람은 왕자가 너무도 걱정이 되고 마음이 아파 가슴이 터질 듯하여 가슴에 철띠를 두르고 다녔다. 비로소 왕자가 마법에서 풀려 본래의 멋진 모습으로 변하자 그 신하의 가슴은 기쁨으로 부풀어 올라 그 철띠를 끊어버리고 만다.

그 누군가가 걱정이 되어 가슴에 철띠를 두르고 다니는 사람들…
바로 '부모'라 이름 하는 사람들이 아닐까. 자녀를 낳아 길러본 사람만이 그 심정을 알 것이다.
5월이 다가온다. 5월만큼은 우리 부모님들의 가슴에서 철띠를 풀어드리자.
무엇으로 부모님을 감동시켜 그분들의 가슴을 한껏 부풀릴까?

행복 ≒ 균형

- 2007.7.3.화.

균형이 지켜질 때 행복하다.
균형이 지켜지지 않을 때 불행하다.
이 세상 거의 모든 것이 그러하다. 인간의 삶, 부부관계, 직장생활, 인간관계 등등….

특히 '인간의 삶'을 놓고 볼 때, 육체적, 정신적, 사회적, 영적 충족이 균형을 이룰 때 행복하다.

현 문방사우 - 2007.7.31.화.

옛 문방사우 : 종이, 붓, 먹, 벼루.

현 문방사우 : 종이, 컴퓨터, 프린터, 디스켓.

'종이'만큼은 끝까지 문방사우로 남을 것 같다.

(2021 추신 : 현재는 디스켓 대신 USB나 클라우드라고 해야 더 맞을 듯.)

투신 정신 - 2007.10.18.목.

투신(投身).

몸을 던지다.

투신 정신.

이것이 있다면 안 될 일도 된다.

이것이 없이는 될 일도 안 된다.

1:1에 얽힌 얘기 둘

- 2007.11.

먼저는 유머 한 토막이다. 그 유명했던 '최불암 시리즈' 중 하나.

최불암과 강부자가 63빌딩 옥상에서 탁구를 치고 있었다. 그런데 공이 튀어 옥상 밖으로 떨어지는 것이다. 최불암은 자기가 주워오겠노라고 내려갔다. 그런데 그만 공을 주워서 올라오려는 참에 엘리베이터가 고장이 났다. 한참 만에 숨을 헐떡이며 옥상에 다다른 최불암, 최후의 한마디를 하고 숨을 거둔다. 그 말인즉슨, "일…대…일…!"

또 하나는 실화다. 얼마 전 우리 가족은 양가를 방문했다. 먼저 시댁에 들렀는데 우리 남편이 딸 자랑을 했다. "어머니, 우리 혜림이가 이번에 교내 백일장대회에서 최우수상 받았어요."

말을 마치자마자 어머님과 그 옆의 집사님 왈, "아빠 닮아서 그렇고만!"

나는 내심 기분이 상했다. 그래도 잠자코 있는 수밖에.

저녁엔 친정에 들렀다. 또 우리 남편이 혜림이 상 탄 이야길 우리 엄마께 했다. 그러자 또 역시 말을 마치자마자 "오메, 엄마 닮았고만!" 하신다. 푸하하… 이로써 1:1이 되었다.

사실 우리 남편이나 나나 모두 대학에서 문학을 공부한 사람들이니 우리 자녀들이 어느 정도는 우리 둘의 그런 성향을 다 닮았으리라. 그러나 시댁에서는 당연히 우리 남편 위주로 생각하고 친정에서는 나 위주로 판단하는 것이다. 참 재미있다. 칭찬도 아는 만큼만 할 수 있는 것이다.

그런데 이번 일을 통해서 한 가지 배운 점은 있다. 칭찬이 주변의 어느 누군가에게는 불쾌감을 줄 수도 있다는 것을.

앞으로 나도 이런 면에서는 조심을 해야겠다.

칭찬하려거든 두루두루 해야 함을 명심해야지….

교만과 복수심   - 2007.11.27 화.

교만은 타인들을 힘들게 하고,
복수심은 자기 자신을 가장 힘들게 한다.

참을 수 없는 무거움

- 2008.1.

이 세상에서 가장 인간의 존재를 무겁게 하는 것은 무엇일까?

아마도… 그것은, 마음의 삐침, 감정의 쓴뿌리가 아닐까 싶다.

그것들은 너무도 무거워 존재를 삶 밑으로 가라앉게 하고야 만다.

때론 암이라는 이름으로, 때론 우울증으로 조울증으로, 인격장애로, 화병으로, 범죄 등으로 한 인간을 파괴시킨다.

때문에 가장 잘 다스려야 할 것은 우리 각자의 마음이다.

마음이 무거우면 삶이 무겁다. 참을 수 없이….

3F

- 2008.7.1.화.

미래학자들이 21세기에 대해 예언하면서 21세기에는 사람들이 '3F'에 열광할 것이라 했다고 한다. 3F란, 픽션(fiction), 패션(fashion), 필링(feeling)의 세 가지다.

픽션은 무엇인가. 허구다. 사실이 아닌 꾸며낸 것이다. 즉, 진리 아닌 것의 지배를 받게 된다는 것이다. 패션은 무엇인가. 유행이다. 유행의 지배는 점점 더 폭발적이다. 요즘엔 웰빙에 목숨 건다. 필링은 무엇인가. 감동이다. 감동시키면 영웅이 되는 시대다.

나는 무엇에 열광하는가.

이것은 각자의 정체성에 관한 문제다.

모두가 열광한다고 해서 진실은 아니다. 모두가 열광한다고 해서 옳은 것은 아니다.

3F의 마력이 기승을 부리는 21세기를 우리는 살고 있다.

나는 얘기하고 싶다.

허구가 아닌 사실(진리)에 목숨 걸고, 웰빙(잘 사는 것)보다 웰다잉(잘 죽는 것)이 더 중요함을 깨달으며, 이기적 대중심리보다는 관용과 상생에 감동을 느낄 수 있기를…!

또 하나의 본능   - 2008.8.19.화.

결혼한 여인들에게서 공통되게 나타나는 또 하나의 본능이 있다면?… 바로, '조강지처 본능'이 아닐까 싶다.

비록 '조강'을 먹으며 고생한 것은 아니라 할지라도 남편과 가정을 위해 어느 정도 희생할 부분은 희생해 가며 사는 게 대부분 주부들의 모습이다. 때문에, 남편이 좀 서운하게 한다거나, 외모를 가지고 타박을 주거나, 다른 여인의 장점을 칭찬한다거나 하면 아내들은 자기도 모르게 이 '본능'이 마구 살아나서, 억울한 마음이

들고, 부부 냉전으로 이어지는 것이다.

어쩌면 이것도 피해의식의 일종이며, 질투의 다른 이름일 수도 있다.

아무튼 나 또한 이 본능적 감정에서 자유롭지 못한 것은 사실…! ^^

남편들이여, 부인의 이 본능을 절대로 자극하지 마시라!

천사와 인간 사이 - 2008.8.19.화.

대략 6세까지의 아이들은 대부분 천사 같다. 말 또한 천사의 언어다. 결코 어른들은 하지 못할 천진난만한 말들을 한다.

그러다가 7, 8세 무렵부터는 슬슬 '인간'이 되어간다… 흑…. 말 또한 인간의 언어를 학습한 그대로 구사하기 시작한다. 엉뚱하고 귀여운 천사의 언어는 사라져가고 너무나 정확하고 영특한 말들을 하는 것이다.

너무 귀여워서 자지러지게 안아주고 뽀뽀해 주고 싶은 마음은 아마도 6세 정도의 아이들에게까지만 생기는 것 같다.

우리 아들이 현재 6세다. 이제 올 겨울이 지나면 슬슬 인간이 되어가겠지… 흑흑….

(2021 추신 : 올해 우리 아들은 고30이다. 여전히 내겐 천사임! 큭…)

무용담 1

인생은 싸움이다.

누구에게나 있어서 삶의 이야기는 무용담(武勇談)이다. 다만, 그 싸움의 대상이 문제다.

한 개인이 무엇을 상대로 쟁투하는 삶을 살았는가 하는 것은 그 사람의 삶의 질을 나타내 주는 것이다.

나는 오늘 무엇과 다투며, 무엇을 이겨내기를 소망하며 살고 있는지….

내 무용담의 결말이 궁금하다.

무용담 2

한 개인의 살아온 이야기는 다 하나의 '무용담'이다. 다른 사람의 무용담을 잘 들어주고 인정해 주는 것이 지혜다.

예컨대 '당신 참 고생 많이 혔네그랴… 살아온 게 신통허구먼!' 이렇게 응수한다면 지혜자의 말이다.

그러나 '아이고, 또 그 얘기여? 참말로 그만한 고생 안 허고 산 사람이 워딨대? 그 얘길랑 고만 좀 허소!'라고 딱 잘라 말해버렸다 면? 우매자의 입술이다.

나는 지혜자이고 싶다.

지혜자의 입술은 예로부터 사람을 살려 왔다.

완전연소의 삶   - 2008.12.31.수. 김형모 선생님 소천에 부쳐.

내 개인적으로 올해 가장 충격적인 부고는 월간 〈십대들의 쪽지〉 발행인 김형모 선생님의 소천 소식이었다. 2008년 12월 16일 밤 10시 45분, 주께로 돌아가심… 향년 54세….

24년여 동안 십대들을 위한 사역에 헌신하신 그분의 삶을 나는 '완전연소의 삶'이라 명명하고 싶다. 내가 쪽지 사무실에서 근무 하던 1년 반 동안 그분이 게으름 피우는 것을 본 적이 없다. 새벽 부터 일어나서서 '오늘의 전화쪽지' 내용을 녹음하시고, 바쁜 강의 일정을 소화하느라 승용차로, 항공편으로, 배편으로 부지런히도 다니셨다.

월마다 엄청난 비용이 소요되는 일들을 홀로 감당하시며 '혹사' 라 할 만큼 너무 많이 일하셨기에 하나님께서 이제 그만 천국에서 휴식을 취하라고, 네 사명은 다 감당되었노라고 일찍 부르신 것만 같다.

마른 장작처럼 활활 불태우신 그 삶을 본받고 싶으면서도 여전히 덜 마른 장작 같은 부끄러운 나를 되돌아보게 된다.

만날 자는 만난다

고 김형모 선생님 빈소에 다녀오게 된 것도 참 기막히고 감사한 일이다. 내가 모처럼 〈십대들의 쪽지〉 홈페이지에 들어가지 않았더라면 돌아가신 것도 모른 채 얼마 동안을 살았을지 모를 일이다.

그나마 조문할 수 있도록 내게 허락된 것이 감사하다. 빈소에서 부인 강금주 선생님을 통해 일산 동국대병원에서 소천하셨다는 소식을 들었다. 아,… 2008년 12월 16일 화요일, 그 날 나 또한 그 병원에 오후에 들렀었는데…. 우리 교회 권사님 한 분이 입원해 계셔서 성도들과 함께 문병을 다녀왔던 것이다. 그 시각에 고 김형모 선생님은 그 병원에서 사투를 벌이고 계셨다고 하니….

김형모 선생님과 나의 인연은 딱 1년 반 정도의 기간이다. 내가 쪽지 사무실 간사로 1년 반 동안 일했기 때문이다. 그 후 몇 년 뒤 우리 남편이 부교역자로 시무하던 교회에 강사로 한 번 초빙했을 때 뵌 것이 마지막 모습이 되고 말았다.

2008년 성탄카드를 보내드리고자 주소확인차 홈피에 들렀다가 난데없이 소천 소식을 읽게 된 것과, 일산 동국대병원에 소천 당일 내가 방문했던 일 등을 되돌아보니 신기하기만 하다.

그 누군가 '만날 자는 꼭 만난다'고 했던가. 직장상사이자 스승과도 같은 분에게 마지막 인사라도 하라고, 나중에 조금이라도 유가족들에게 덜 미안하라고, 조문의 기회를 하나님께서 내게 주신 것 같아 눈물이 핑 돈다….

개체의 다양성 — 2009.6.

사람은 각인마다 다 다르다. 쌍둥이마저도 개별성이 있다.

별들은 별대로 다 다르다. 아주 똑같은 행성은 없다. 바위는 바위대로, 나무는 나무대로, 물길은 물길대로, 이 온 우주에서 유일무이한 모습들을 취하고 있다.

다름, 다양성을 서로 인정하는 것이 평화를 유지하는 지름길이거늘…. 요즘 대한민국이 너무 혼란스럽다. 여당, 야당, 좌파, 우파, 전세대, 후세대, 부유층, 빈곤층,…

나 또한 나와 다른 신념을 가진 사람들의 섬뜩한 외침들을 대하자면 머리가 아파온다. 답답하고 때론 분노까지도 느껴지지만 어쩌랴, 다양성을 인정할 줄 아는 것이 우선임을 생각하고 또 생각할 수밖에!

(2021 추신 : 지금도 위 내용과 똑같다니··· ㅠㅠㅠㅠㅠㅠㅠㅠ)

아기 독수리   -2009.6.

  아기 독수리 : 제발 나를 던지지 말아 주세요, 엄마!
  엄마 독수리 : 얘야, 내가 너를 던져야 네가 앞으로 생을 살아갈 수 있단다!

  엄마 독수리는 비장한 각오로 아기 독수리를 높은 바위에서 던지고, 아기 독수리는 필사적인 몸짓 끝에 창공을 날며, 새로운 생을 맞이한다.

  때때로 인생항로 가운데서 부닥치는 고난과 시련들은 우리를 높은 바위 끝으로 내몰지만, 끝내 이겨내는 자들에게는 새로운 삶의 도약점이 되기도 한다.

  고난은 우리를 죽이려는 것이 아니다. 오히려 살리려는 것일 수도 있다. 따라서 고난 때문에 죽음을 택하는 것처럼 어리석은 것도 없다.

바위에서 던져지는 것이 두려워 창공의 삶을 포기하는 아기 독수리와 다를 게 없는 것이다.

오른쪽 손목에 대한 감사   - 2009.7.14.화.

관절이 안 좋은 나는 가끔 이유 없이 손목이나 손가락 등이 부으면서 아프다. 이번에는 오른쪽 손목이었다. 평소엔 대수롭지 않게 생각했던 부위도 아프면 굉장히 신경 쓰이는 것 아닌가. 오른쪽 손목이 아프니까 불편한 행동들이 생각보다 훨씬 많았다.

드디어 오른 손목이 나아지고 나니, 감사할 게 한두 가지가 아니다. 나열해 보건대,

손 씻고 툭툭 털 수 있어서 감사하다(물을 털지도 못했었다).

용변처리가 수월해서 감사하다(왼손으로 대신해야 했었다).

양치도 쓱쓱싹싹 할 수 있어 감사하다(살살 해야 했었다).

설거지도 수월해서 감사하다(오른손에 힘을 줄 수 없어 설거지가 어려웠었다).

등등.

어떠한가, 오른 손목 하나가 멀쩡한 것만으로도 감사할 것이 많다.

따지고 보면 생활 속에서 감사할 것 천지다.

나는 오늘 무엇 때문에 감사한지 한번 목록을 작성해 볼 일이다.

평준화되지 않는 것들 — 2009.8.8.토.

40대엔 미모가 평준화되고, 50대엔 지성, 60대엔 건강, 70대엔 재물, 80대엔 목숨의 평준화가 이루어진다고들 말한다.

그러나 100세가 넘어도 결코 평준화되지 않는 것들도 있다.

신앙심, 인격, 지혜, 관용, 정직성,… 등등.

평준화되지 않는 것들에 대하여 개개인은 책임을 통감하며 노력해야 할 것이다. 어차피 평준화될 것들에 목숨 걸고 한평생을 소비하는 인생은 되지 말아야 할 일이다.

어르신 VS 늙은이 — 2009.8.16.주일.

선교사님 가족을 모시고 공원을 갔다가 희한하게 생긴 그네를 보았다. 채반같이 생긴 것을 매달아 아이들이 누워서도 그네를 탈수 있게 해놓은 곳이었다. 우리 애들(선교사님 따님까지 세 명)도 줄을 서서 그네 탈 차례를 기다리다가 이제 우리 애들 차례가 된

참이었다.

그런데 갑자기 한 할아버지가 자기 손녀를 안고 와서는 대뜸 바구니에 태우고 흔들어주는 것이다. 우리는 어이가 없었고, 다른 부모들도 줄을 서신 다음에 태우시라고 말하였는데 그 할아버지는 "우린 아까부터 왔었어! 나 팔길 때까지(지칠 때까지) 할 거야!" 하며, 아예 어깨에 메었던 가방까지 내려놓고 계속 손녀를 태워주는 것이다. 뒷줄에서 어느 젊은 남자도 "그렇게 하시면 손녀가 뭘 배우겠습니까? 그만 태우시죠!" 하며 말하였고, 나도 참을 수가 없어서 한마디 했다. "할아버지 손녀만 소중한 거 아니에요. 우리 애들도 다 소중해요!" 그러고는 그만 기분이 너무 나빠서 애들에게 다음에 타자고 하고 그 자리를 빠져나왔다. 뒤돌아보니 그 할아버지는 여전히 손녀를 밀어주고 있었다.

아, 정말 싸움은 이래서 나는구나 싶었다. 도대체 이런 무례한 사람들까지도 양해해 주고 아량을 베풀고 공경을 해 드려야 하는 것인지….

나이만 많다고 어르신은 아닌 생각이 든다. 인격적으로 성숙되지 않은 사람들은 어르신 대우 받을 자격이 없다고 생각한다. 그저 고약한 늙은이일 뿐이지 않은가. 장유유서도 적용이 될 때가 있고, 안 될 때가 있는 것이다.

나는 젠틀한 어르신이 되고 싶지, 고약한 늙은이가 되고 싶진 않다.

가방 들고 튀어라!

나는 우리 아이들에게 저녁마다 당부하는 게 있다. 혹시 내일 아침 늦잠 자더라도 일어나자마자 들고 튈(?) 수 있게 학교 가방을 미리 완벽하게 준비해 놓으라는 것이다.

매번 나는 이렇게 말한다. "니들, (낼 아침에) 튀어갈 수 있게 (가방) 싸놨어?"

아닌 게 아니라 종종 우리 아이들이 일어나자마자 옷만 갈아입고 튀어 학교로 가는 날도 있었다. 미리 깨우지 못한 내 불찰이지만.

인생도 그렇다고 생각한다. 조지 버나드 쇼의 묘비명에 있다는 그 유명한 말, "내, 우물쭈물하다가 이럴 줄 알았다!"는 대부분 사람들이 노년에 공감할 만한 내용이다.

학교 갈 준비를 위해 미리 가방 챙겨놓듯이, 홀연히 세상을 떠나 튀어갈(?) 그 날을 위해 미리미리 준비할 일이다.

행복한 부부의 요건

누구에게나 장점, 단점이 있다.

어떤 부부가 있는데, 서로의 단점보다는 장점을 보는 시각이 발달되었다면? 그들은 행복한 부부다.

반대로 서로의 단점만을 생각하며 지적하고, 고치려 하고, 설득하려고 많은 시간을 보내는 사람들이 있다. 이들은 결코 행복한 부부가 아니다.

행복한 부부는 만나지는 게 아니라 만들어지는 것이다. 배우자의 단점을 보는 시력은 약화시키고 장점을 보는 시각을 강화시키면 되는 것이다.

소위 '콩깍지'를 눈에서 떼어내지 말자. 그럼으로써 행복을 쟁취하자! ^^

워터 슬라이딩 같은 인생　　　　　　　　- 2010.8.23.월.

워터 슬라이딩, 물미끄럼이라고 해야 하나? 아무튼 이것을 타기전에는 타는 사람들의 즐거운 모습만 보인다. 막상 타 보면 혼자좁은 터널에서 비명을 지르며 재미와 공포를 동시에 느낀다.

인생도 어쩌면 이와 같다. 남들은 다 즐거워 보이고 나만 외롭고 두려운 것 같이 느낀다. 그러나 남들도 다 자기만의 공포가 있다. 다만 밖으로 표현 못할 뿐….

밖으로 포장된 타인들의 즐거움만 봐선 안 된다. 누구나 자기만의 1인용 인생 터널에서 즐거움과 공포의 비명을 동시에 지르며 미끄러져 가고 있는 것이다.

수족관 속 물고기 - 2011.1.27.목.

동네 횟집의 수족관 속 물고기를 보았다. 열심히들 헤엄치고 있었다.

그것들은 살아있다. 그러나… 살아도 산 목숨이 아니다.

목적 없이 흘러가는 인생이라면, 수족관 속 물고기의 삶과 무엇이 다를까….

살았으되 죽은 목숨이다.

입만 살았다? - 2011.1.

입만 살았다고 삐죽댈 게 아니라, 입부터 살아서 변화되어 가야 하지 않을까 싶다.

사실 신체기관 중 세 치 혀만큼 중요한 게 또 어디 있을까? 사람을 살리기도 하고 죽이기도 하고 원수 맺게도 하고 화해하게도 하고….

입부터, 우리네 언어생활부터 좀 친절하고 친근하면서 유쾌, 명쾌, 상쾌했으면 좋겠다.

휴필? - 2012.2.

요즘 통 글을 쓰지 못했다. 아니, 안 썼다.

때론 글의 홍수 속에 내 글 몇 자 보태는 게 무의미하게도 느껴진다.

그래서 본의 아니게 절필(絶筆)은 아니지만 휴필(休筆) 정도를 하게 된다.

그러다가도 오늘처럼 또 자판을 두드린다.

필(feel) 받으면 또 필(筆)해야지…!

눈물의 회복 - 2012.3.23.금.

월간 〈가이드포스트〉는 내게 최루성(?) 책이다. 항상 논픽션의 감동이 눈물을 선사하는 월간지다. 그런데 한동안 그 눈물이 실종 됐었다. 빠짐없이 정독하는 것에 그칠 뿐이었는데, 오늘은 웬일인 지 여러 부분에서 눈물이 앞을 가렸다.

내 눈물이 회복되었다. 이 자체로 좋은 일이다. 눈물이 흐른다는 것은 좋은 일이라고 본다. 내 얼어붙었던 감성도 녹아 회복되어서, 맘이 훈훈해지고 타인들에게도 더 친절한 나였으면 좋겠다.

(위의 글을 쓴 다음 날, 영화 〈홀라걸스〉를 봤다. 최루성 장면들을 곳곳에 배치한 감독의 의도를 알면서도 매번 눈물이 절로 흘렀다. ㅜㅜ… 알고 보니 이 영화도 실화를 바탕으로 했단다. 난 역시 논픽션에 약해….)

내핍의 여왕 - 2012.5.30.수.

요즘엔 3겹 화장지에 이어 4겹 화장지도 나온다. 품질이 좋은 것은 식탁에서 써도 아무 거부감이 없다. 또한 두툼하기 때문에 냅킨 대용으로 쓸 경우 한 칸이면 충분하다. 보통 식당에서 쓰는 냅킨도 두 겹이지 않은가.

오늘도 3겹 화장지 '한 칸'을 야무지게 뜯어 입을 닦으면서 스스로를 칭찬해 본다.

'넌 내조의 여왕은 아닐지 몰라도, 내핍의 여왕은 맞아!' ^^

효도의 발견 - 2012.10.15.월.

뭐니뭐니 해도 머니(money)가 최고라고…, 부모님께 효도하는 것도 용돈 드리는 것이 어쩌면 으뜸일 것이다. 그러나 물질적 봉양이 혹 부족할지라도 부모님 마음을 편안하게, 시원하게 해드린다면 그것이 진정 최고의 효도라 생각된다.

우리 친정어머니도 자식들이 기쁜 소식을 전하면 '맛있는 음식을 한껏 먹은 것만큼'이나 기분이 좋으시단다. 우리 언니는 맏딸이어서 그런지 어머니랑 티격태격 말다툼도 많이 해왔지만 요즘엔 이러한 '언어 효도'에 눈을 뜬 듯싶다. 하하… 진작 그럴 것이지….

어제는 우리 엄마가 나한테 전화하시더니, 언니의 전화내용을 얘기하시는 것이다. 형부가 언니한테 '난 아직도 당신한테 콩깍지가 끼어있나 봐…' 했다나? 언니랑 형부가 금슬 좋게 산다는 얘기가 엄마께는 '양약과도 같은' 즐거운 소식인 것이다.

밑천 한 푼 안 드는 이런 '언어 효도', 어떤가. 좋지 아니한가?!!

잠바 - 2012.11.13.화.

일본식 발음, 잠바는 바른말이 아니다. 점퍼가 맞는 말이다. 그럼에도 불구하고 나부터도 잠바라 하지, 일상 속에서 점퍼라고 말하지는 않는다.

말은 습관이다. 그래서 고치기가 엄청나게 어렵다. 에고… 오늘도 우리 아들에게 말했지. "아침엔 추우니까 잠바 입고 가라!" 이크, 점퍼데… @#$%^&*….

어떻게 하면 고칠 수 있을까? 일상언어가 돼버린 잠바, 뺀찌, 도라이바, 사라다, 빵꾸, 공구리, 이빠이, 오라이,… 등등.

감자칩 VS 감사칩   - 2012.11.17.토. 말(言)과 놀다.

감사를 깜빡할 때가 너무도 많다. 간사한 게 인간의 본성이던가… ㅜㅜ….

기분이 좋다가도 금세 우울 모드로 변하는 나를 보며 혀를 찰 수밖에 없다.

바삭한 감자칩을 먹으면 기분이 좋아지듯이 우리 몸에도 '감사칩' 같은 게 있으면 좋겠다. 우울해할라치면 재빨리 감사 모드로 자동 변환시키는 그런 칩 같은 게 아예 내 뇌리에 박혀있다면 좋으련만… 아니, 반자동으로라도… 쩝….

예술혼 VS 예수혼

영화를 보다 보면 속칭 '착한' 영화가 있고 안 착한 영화가 있다.

여태까지의 내 생애 가운데 최고의 영화를 꼽으라면 나는 단연코 〈퐁네프의 연인들〉을 꼽는다. 영화 중의 영화라는 타이틀을 붙여주고 싶은 영화다.

그런데 이 영화도 내용을 속속 들여다보면 '안 착한' 영화다. 노숙, 마약, 자해, 방화, 도적질, 문란한 성생활 등등 온갖 나쁜 일들은 다 하고 사는 게 이 영화 등장인물들의 행태다. 물론 영화 초반부에 사회고발적인 내용을 담아 나름대로 정치적 메시지를 주려한 점도 있지만, 영화 전반에 걸쳐 한 노숙인 남성과 부유층 출신의 한 가출 여성과의 로맨스를 그리는 과정에서 '범죄적' 행각들이 많이 보인다.

그럼에도 불구하고 '예술혼'을 불러일으키는 영화임에는 틀림없다. 이유는 모르겠다. 하여튼 지저분한 영화인데도 지저분하게 느껴지지 않을 만큼 예술적이다. 애틋하기까지 하고, 해피엔딩에 신나기도 하다.

반면 예술적이진 않을지라도 '예수혼'에 닿게 하는 영화들도 있다. 수많은 기독영화가 그렇다. 간혹 〈벤허〉나 〈미션〉처럼 예술적, 기술적 차원도 높은 기독영화도 있지만 대부분의 기독영화는 예술혼과는 거리가 먼 것들이 많아왔다.

앞으론 예수혼과 예술혼을 다 만족시키는 훌륭한 기독영화들이 많이 나왔으면 참 좋겠다.

모두 현재를 위한 것   - 2013.1.26.토.

과거도 미래도 모두 현재를 위한 것일 뿐이다.

과거는 현재를 위한 밑거름, 미래는 현재를 위한 동기부여?

중요한 것은 현재다.

롱펠로우가 말한 것처럼.

게으름의 극치, 혹은 '유익한' 게으름   - 2013.2.23.토.

오욕칠정, 이것도 부지런한 자의 것일까?

게으른 나는 비교적 감정의 극단을 안 겪는 편이다.

나의 방법은? 그냥 잔다. 잠은 때로 영육의 만병통치약.

감정에 휘말리고, 분노를 배양하고, 사태를 분석하고, 상황개선을 모색하고… 이 모든 것에 난 참으로 게으르다.

게으름의 극치는 무관심, 무반응, 죽은 자처럼 잠을 자는 것 등

등으로 나타나곤 한다.

어쩌면 이건 유익한 게으름 아닐까? 어떤 사람은 자기 감정에
너무도 재빠르게 반응하곤 하는데, 부지런도 때를 봐가며 부려야
하지 않을까 싶다.

365일 성공작전 - 2013.5.1.수.

오늘 작심 1일

내일 작심 1일

날마다 작심 1일!

입꼬리 수술 - 2013.8.6.화.

입꼬리를 추켜올려 웃는 듯한 인상을 주기 위한 성형수술이 있
단다. 내 참…

이런 수술이 있단 얘길 들은 후론 미디어에서 웃는 인상의 사람
들을 보면 '저 사람도 그 수술했나?' 하고 유심히 볼 때도 있다.

특히 웃지 않아야 될 대목에서 웃는 듯 얘기하는 사람들을 보면
그렇다. 비통한 내용의 뉴스를 전하는 앵커나, 사건 사고에 관해

인터뷰하는 경찰, 사회의 어두운 면을 지적하는 교수 등이 웃는 상을 하고 얘기한다면 엄청난 넌센스다. 그런데도 가끔 그런 사람들이 있다. 카메라 앞에서는 무조건 웃으며 이야기해야 한다는 강박증이 있는 걸까?

입꼬리 수술, 유감이다. 사람이 희로애락을 느끼며 살고, 그것이 적절하게 표출되는 것이 자연스럽거늘, 매사에 웃는 표정만 보이려 하다니….

반복의 미학 - 2013.8.6.화.

초록색 에폭시가 칠해진 우리 집 옥상. 새벽기도회를 마치고 올라오면 나만의 공간이 된다.

선선한 아침 공기를 마시며 화단의 잡초도 좀 뽑아주고 호미나 꽃삽으로 정리도 해주고 나면 옥상을 걷는다.

옥상을 무한정 뱅뱅 돌며 걷다 보면 가속도가 붙는다. 처음엔 설렁설렁 느릿하게 걷다가 어느 순간엔 쌩쌩 걷게 된다. 몇 십 바퀴 돌고 나면 제법 땀도 난다. 반복해서 걸으니 땀이 날 만큼 운동이 되는 것이다. 이것이 바로 반복의 힘이다.

반복을 지겹게 생각할 일이 아니다. 반복 없는 일상이 평온해지지 않는다. 한 예로, 설거지를 보라. 시지프스의 형벌처럼 날마다 반복해야 하는 설거지, 하루만 안 해도 난장판이 된다.

우리 집 옆의 철물점 젊은 사장님은 아침이면 물건들을 매장 앞에 진열했다가 저녁이면 들여놓는 일을 매일 반복한다. 진열하는 모습이나 들여놓는 모습을 보며, 내가 집안일 하는 거나 저 사장님이 매장 일 하는 거나 단순반복이라는 점에선 똑같구나 하고 생각했던 적이 있다.

이 지겨운 반복, 가정에서 회사에서, 학교에서, 사회 곳곳에서 무한반복된다.

이것이 형벌이 아니고 사회를 유지시키는 생명활동이라고 생각해 볼 일이다.

밀레와 고흐의 그림 〈낮잠〉   - 2013.10.8.화.

밀레의 그림 〈낮잠〉을 고흐가 본떠서 그린 작품 〈낮잠〉이 있다는 사실을 오늘에야 알게 되었다. 이건 재해석이나 표절, 패러디 정도가 아니라 고대로 베껴 그린 듯하다. 좌우 방향을 바꿨고 색감을 다르게 했을 뿐이다. 리메이크라 하기도 무색할 만큼 너무 똑같다.

알고 보니, 고흐가 평소에 존경했던 밀레의 그림을 일부러 베껴 그렸다는 것이다.

요즘 젊은 가수들이 선배의 노래를 리메이크해 부르는 것과 같이 볼 수 있다. 다만, 허락 없이 리메이크했다가는 구설에 휘말릴 수 있다. 또한 표절 문제로 시끄러운 일은 가요계에서나 문학작품 등에서 자주 있는 일이다.

문제는 '동기'와 '투명성'인 것 같다. 똑같은 현상일지라도 동기와 투명성이 어떠한가에 따라 문젯거리가 되기도 하고 안 되기도 한다.

동기가 분명하고, 투명하게 진행되는 일은 대부분 뒤탈이 없다.

부부는 '지퍼'처럼 — 2014.2.4.화.

지퍼는 옷이나 신발, 식품봉지 등에 두루 쓰인다.

지퍼의 특징은 두 줄의 각기 다른 줄이 완벽하게 '연합'해야 제 기능을 한다는 점이다.

이 연합이 온전치 않을 경우 무용지물이 되고 쓰레기 취급을 받기 마련이다.

부부도 그렇다. 제대로 연합을 해야 아름다운 부부의 모습이지 그렇지 않을 경우 '악의 축'이 따로 없다.

가정이 파괴되고 각종 사회문제가 여기서 발생한다.

부부는 제대로 연합한 지퍼이어야 한다. 영적으로 정신적으로 육체적으로 잘 연합되는 '동지'여야만 한다.

나의 잠언

- 2014.5.24.토.

기쁘다고 너무 많이 기뻐할 필요도 없고,
슬프다고 너무 많이 슬퍼할 필요도 없다.

'인생사 새옹지마' 아니던가.

건강의 악순환, 선순환

- 2014.6.13.금.

몸이 아파서 마음이 아파지는가,
마음이 아파서 몸이 아파지는가.

중요한 것은 마음이 건강한 사람이 질병도 더 잘 견딘다는 사실이다. 회복도 빠르고, 영육이 건강한 상태로 빨리 환원된다.

마음이 건강하지 못한 사람은 건강의 악순환에 시달린다. 마음이 아파 몸도 아프고, 몸이 아프니 마음이 더 아파지고…

건강의 선순환이 이루어지고, 유지되길 오늘도 간절히 바라는 마음이다.

쓴맛 — 2014.12.

커피를 안 좋아하시는 울 엄마, 한 모금 마시더니, "아우, 써!" 하신다.

내가 마셔보니 단맛도 많이 나는데….

인생 사는 동안에도 쓴맛, 단맛 다 맛보지만, 유독 쓴맛만을 되새기는(?) 분들이 많다. 한이 서린 옛이야기가 한 보따리인 분들….

부디 단맛 나는 얘기들도 되새기며 감사보따리를 풀어보셔야 하리라.

벨크로 뒤꿈치 — 2014.12.

가을부터는 피부가 건조해진다. 특히 발뒤꿈치가 그렇다. 마치 벨크로처럼 모기장에 달라붙는 내 발뒤꿈치… 모기가 가을에 기승을 부리니 모기장을 걸을 수도 없고, 잠자리에 들 때마다 뒤꿈치가 모기장에 달라붙지 않게 조심조심 침대에 오른다.

손에는 시도 때도 없이 핸드크림을 발라줘야 한다. 그렇지 않으면 손톱 주변에 온통 거스러미 천지다. 이런 것도 노화의 일종이겠지? '엄마 발뒤꿈치는 왜 저렇지?' 했던 게 엊그제 같은데, 내 뒤꿈치가 어느새 엄마의 것과 같아졌다.

세월과의 마찰로 생겼을까? 벨크로 뒤꿈치….

엄마를 댁으로 보내드린 후   - 2014.12.

계실 땐 심란하더니, 가신 후엔 눈물 고인다.

평화롭던 자식들 가정마다 당신 때문에 분란만 생긴다며, 스스로는 아무것도 할 수 없는 사람 됐다며, 화장실에서 한탄 눈물 훔치시던 엄마…

당신 내려가시고 나니 기어코 내 눈에서도 눈물 빠진다.

엄마 천국 보내드린 후엔 이런 눈물 안 흘려야 할 텐데….

-귀와 치아 치료차 한 달 정도 계신 후 내려가심. 2014. 12. 1(월)-

분재

- 2015.6.19.

잘리고, 패이고, 묶이고… 이러한 과정 없이 어여쁜 분재가 나오지 않는다.

우리네 인생도 그러한 것인가….

채송화는 꽃이다!

- 2015.6.19. 식물을 기르며.

채소 옆에 자꾸 돋아나는 채송화의 싹, 내 보기엔 그저 제거 대상일 뿐이었다. 먹거리 식물의 생장을 방해하는 '잡초'….

그런데 어느 날 조금 자라 있는 채송화 몇 줄기를 한 곳에 옮겨 심었다. 한 곳에서 모여 꽃을 피우면 예쁠 거 같아서였다.

그 이후부턴 채송화 싹이 더 이상 잡초가 아니었다. 예쁜 아가다. "에구, 이뻐. 잘 자라라. 내 옮겨 심어 줄게!"

본래 꽃이던 채송화, 그러나 누군가 꽃으로 불러주어야만 꽃인 것을 알았다.

반성한다. 꽃인 것들을 잡초로 깎아내린 것들이 채송화 말고도 분명히 있었으리라….

부모와 자식

- 2015.6.19. 식물을 기르며.

살아 있는 식물은 반드시 새순을 낸다.

말라 비틀어져 가는 겉잎들과 새순 또는 싱싱한 열매들을 보자면, 부모와 자식의 모습 같아 찡해진다.

삽질

- 2015.7. 식물을 기르며.

화분 여러 개를 정리하느라 큰 고무 함지박에 흙을 한데 모았다. 거름을 넣고 둘둘 섞어야 하는데, 조그만 모종삽으론 힘들어 큰 삽을 공수해 왔다. 난생 처음 삽질을 했다.

삽질… 흙을 다루는 데 꼭 필요한 이 작업을 왜 사람들은 우스꽝스럽게 혹은 저급한 것으로 적용해 쓰곤 할까?

삽질은 숭고한 작업이다!

감히 꽃까지 피워?

- 2015.10. 식물을 기르며.

잡초를 제때 안 뽑아 줬더니 어느 날 꽃까지 피어 있었다. 즉시 뽑아 없애고 보니, 잡초가 참 안되긴 안됐다. 꽃을 피워도 예쁨받

지도 못하고….

그러게 왜 태생이 그래가지고….

두 잎 클로버   - 2015.10.10.토.

네 잎 클로버의 꽃말은 '행운', 세 잎은 '행복'이란다.

만약 두 잎짜리가 있다면 나는 그것을 '평정심' 내지는 '항심'이라 부르고 싶다.

행운이나 행복을 좇는 건 다 부질없다고 생각하기 때문이다. 항심이 최고!

'헬조선' 유감   - 2015.10.10.토.

우리 교회 올해 75세이신 성도님과 얘기할 기회가 있었는데 6.25 전쟁 때의 경험을 들을 수 있었다. 여수에서 더 들어가는 시골마을에 사셨는데, 집 뒤에 토굴을 파고 두꺼운 이불을 흙 위에 깔고 가족들이 들어가 머리 위로도 두꺼운 이불을 뒤집어쓰고 계셨단다. 밖에선 포 소리가 요란했다는데 어린 소녀였던 그분의 공포감은 어땠을지…

그 성도님 또래는 일제 강점기도, 6.25 전쟁도, 보릿고개와 같은 극심한 가난도, 식량난도 다 겪으셨다. 그래서 그분들은 입버릇처럼 얘기하신다. 요즘 우리나라는 잘사는 거라고, 요즘 젊은이들이 약해빠졌다고….

요즘 젊은이들이 '헬조선'이란 용어를 자주 사용한다. 오만가지 생각이 들게 하는 용어다. 청년들의 고충도 이해 가지만, 위의 성도님과 같은 분들이 들었다간 노발대발할 일이다. 그분들이 인터넷을 사용 안 하니 다행일 뿐.

내가 나팔꽃을 싫어하는 이유   - 2016.8. 식물을 기르며.

화단에는 내가 심지도 않았는데 저절로 싹을 틔우는 식물들이 많다. 여태까지 보면 수박도 저절로 난 적이 많고, 참외, 토마토, 들깨, 까마중, 제비꽃, 봉숭아, 채송화, 나팔꽃, 쑥, 민들레 등등이 저절로 많이 난다. 식물들도 스스로 후손(?)을 퍼뜨리는 본능에 충실한 듯하다.

그중에서도 가장 왕성하게 번식해 가는 것이 나팔꽃이다. 왕성하게 싹을 틔우고 어느 틈에 자라서는, 철쭉이고 측백나무고 호박넝쿨이고 간에 닥치는 대로 타고 올라간다. 나는 눈에 보이는 대로 나팔꽃 순을 잡아당겨 없애곤 한다.

남을 타고 올라가는 꼴은 보고 싶지 않다. 나팔꽃이 제아무리 예쁘게 핀다 할지라도 말이다.

사람 사회에서도 마찬가지다. 자기 잘 되려고 남을 깔아뭉개는 족속들은 저 나팔꽃 순처럼 잘라내고만 싶다. 내가 직접 심판할 순 없으나, 사필귀정이니 결국은 그리될 것이다. 암만!

겨울아 익어라!   - 2017.3.8.수.

겨울이 길다. 춥다. 너무 춥다.

겨울이 익어가는 걸까? 그래, 겨울이 익어야 봄이 오겠지.

결국 겨울은 봄을 이길 수 없단다.

암튼, 어쨌든, 기필코… 봄은 온다!

봄은 왜 봄일까?   - 2017.3.8.수.

사계절의 이름을 내 나름대로 해석해 볼까?

봄은 왜 봄일까? 꽃이 보여서 꽃을 봄!

여름은 왜 여름일까? 열매 열리니까 열음!

가을은 왜 가을일까? 갈빛이니까 가을!

그런데 겨울은 왜 겨울일까? 겨우 살아내서 겨울??

신앙 단상

이곳에 인용된 성경구절들은
개역한글과 개역개정이 섞여 있다.

인생 is…

인생은 숙제다(요람에서 무덤까지).

인생은 지뢰밭이다(사건사고의 연속).

인생은 군복무다(영적 전쟁 중).

인생은 정원이다(가꾸기 나름).

인생은 십자가다(십자가는 개인마다 다름).

인생은 출장이다(본사는 천국).

인생은 워터슬라이딩이다(즐거움과 공포가 공존),…

교회 is…

교회는 영적 산부인과,

교회는 영적 인큐베이터,

교회는 영적 탁아소,

교회는 영적 군대,

교회는 영적 병원,…

크리스천 is…

실낙원에서 낙원을 사는 이들,

강한 갈대,

포로 된 자유인,

의인이면서 죄인,

억압된 행복자,

다 가진 무소유자,

하나님만 두려워하는 용사들,…

폭주족의 비애

- 2003.7.29.

더운 여름 밤, 다섯 살 딸아이를 뒤에 태우고서 자전거로 공원에 간다. 선선한 공기를 느끼며 공원의 내리막길을 내달리면 절로 즐거운 비명이 나온다. 그 스릴을 맛보려고 오르막길을 낑낑대며 올라간다. 딸아이는 계속 내게 졸라대고, 우리는 오르막길과 내리막길을 번갈아 열심히 달린다.

오늘도 그렇게 내리막길이 주는 쾌감을 아쉽게 마감한 후, '내일 또 오자!' 하고 딸아이를 달래며 오고 있었다. 그런데 갑자기 도로에서 굉음을 내며 오토바이 폭주족 하나가 순식간에 지나가 버렸다. 나는 그 청년에게서 나와 딸아이의 모습을 보았다. 우리가 공원 내리막길을 내닫는 즐거움을 자꾸 반복하여 맛보고자 한 것처럼 저 청년도 오토바이의 속도가 주는 즐거움에 빠져들어 자꾸자꾸 폭주하는 것이다.

한 동네를 들었다 놓을 만큼 요란하게 달려도 달려도 그 청년에게 만족이 없을 것은 뻔하다. 쾌감은 너무도 빨리 지나가 버리기 때문이다. 채워지지 않을 그 무엇을 메우기 위해 오늘도 내일도 달려 보지만 돌아오는 것은 더 큰 허전함과 더 큰 허무감, 더 달리고 싶은 아쉬움뿐이 아닐까 생각해 본다.

폭주족의 비애는 이런 것이다. 결코 만족할 수 없다는 것, 또 하게 되고 또 하게 되고, 오늘 골백번을 달려도 내일 또 달려야 된다는 것. 그들은 날마다 속도에 목말라 속도를 마셔대지만 여전히 목마르기만 할 뿐이다. '내가 주는 물은 영원히 목마르지 않을 것이다'라고 하신 예수님의 말씀이 생각난다. 나는 이미 진리 가운데 있으므로, 생명의 잔, 생명의 떡을 먹은 자이므로, 내가 '불쌍한 폭주족'이 아닌 것에 감사한다. 이 여름, 자전거를 며칠 타 보고, 어설프게나마 속도의 즐거움에 빠져든 후의 깨달음이다.

아무튼 평촌 중앙공원 내리막길에서 자전거 탄 어느 아줌마와 그 딸아이의 '우와…!' 하는 소리가 들리거든, '행복한 자전거 폭주족', 우리 모녀라고 생각하면 된다! 큭….

(2021 추신 : 자전거 뒤에 탔던 갈래머리 그 딸이 벌써 올해 대학교 4학년 재학 중임 ^^)

문제我 - 2003.9.29. am.2:45.

나[我]는 문제我다. 이 사망의 몸(롬 7:24)에 매여 있는 동안 나의 자아가 모든 문제로부터 자유할 틈은 결코 주어지지 않을 것이다.

신촌 '산울림 소극장'에 걸려 있던 한 그림이 생각난다. 한 사람의 옆얼굴이 보이고 그 얼굴 뒤로 검은 실루엣의 옆얼굴이 뒤통수를 맞대고 있다. 그런데 이 둘은 줄로 얼키설키 묶여져 있다. 하얀 얼굴은 결코 검은 얼굴에서 떨어질 수가 없는 것이다. 이것은 우리네 인생을 한 컷으로 예리하게 묘사한 것이라 생각되어졌고, 지금껏 내 뇌리에 박혀 있다.

나의 자아는 성화된 모습으로 살아가길 소망하지만 나의 또 다른 자아, 검은 얼굴은 소리도 없이 존재하며 끊임없이 나를 악의 구렁으로 몰아넣고자 하는 것이다.

나뿐 아니라 모든 인생에 있어, 숨 쉬고 있는 한 '문제我'로 살 수밖에 없다는 사실에 예외는 없다. 다만 이 '문제我'에 탄식하며 문제로부터 벗어나고자 노력하는 기특한 부류와, 문제我를 인식은 하지만 무관심한 척 살아가는 안타까운 부류와, 문제我를 인식조차 못하고 양심에 화인 맞아 살아가는 불쌍한 부류가 있을 뿐이다.

나는 기특한 사람인가, 안타까운 사람인가, 불쌍한 사람인가?

요셉을 읽으며   - 2003.4.24.목.

창세기의 상당 부분은 한 인물의 이야기에 할애되어 있다. 37장부터 시작하여 50장의 마무리 부분까지 모두 요셉에 관한 내용이다.

나는 성경의 인물 중에서 요셉을 가장 좋아한다. 물론 예수님 다음이다.
나는 이다음에 천국에 가면 가장 만나보고 싶은 인물이 바로 요셉이다. 물론 예수님 다음이다.

요셉은 하나님 앞에 순결한 자였다. 여인의 유혹이 '날마다(창 39:10)' 계속되었음에도 그는 하나님께 득죄하지 않았다. 그 결과로 그가 자신의 모든 것을 잃을 수 있음을 알면서도 말이다.

요셉의 허물과 죄과는 성경 어디에서도 찾아보기 힘들다. 노아, 아브라함, 모세, 다윗, 베드로, 바울 등 위대한 '하나님의 사람들'에 대해서도 모두 과오들이 기록되어 있는데 말이다.

요셉은 용서의 모본이다. 형제들의 괘씸한 죄과를 주 안에서 용서함으로 말미암아 요셉 자신이 영적 평강을 누리고 성공적인 삶을 살 수 있었다.

요셉은 하나님의 은총을 풍성히 받은 인물이었다. '범사에 형통케' 하셨다는 말이 창세기 39장에 두 번이나 나온다. 그가 가는 곳에는 언제나 복이 임했다.

요셉은 감정이 풍부한 인물이었다. 성경 속에서 그가 울면 나도 운다. 요셉의 상황과 처지를 생각할 때 감정이입이 안 될 수가 없다. 오늘도 여지없이 요셉을 읽으며 나도 울었다.

요셉은 용모 또한 준수하다고 기록되어 있다. 금상첨화란 이럴 때 인용할 만한 말일 게다. 요셉은 어찌 보면 완벽한, 참으로 존경스럽고 사랑스러운 인물이다.

나는 요셉을 좋아한다. 요셉과 같은 남자를 남편으로 맞이하고

싶었다. 그리고 그 꿈(?)은 실현되었다. 이제 우리 아들 우성이가
요셉과 같은 사나이로 자라주길 기대해 본다.

다보장 보험 - 2003.6.5.목.

TV에서 '다보장 보험' 광고를 봤다.

하나님이야말로 다보장 보험과 같은 분이시다.

질병이든 사고든 뭐든 다 책임져 주신다.

우리의 영혼이든 정신이든 몸이든 다 보살펴 주신다.

생명보험 회사에 내가 든 보험은 80세까지의 보장인데,

하나님은 내가 백발이 되기까지(사46:4), 아니 영원토록 그리하
실 것이다.

불행 중 다행 - 2004.5.20.목.

'불행 중 다행(不幸中多幸)'이라는 말이 있다. 나쁜 일을 당한 후
에 그래도 감사할 조건을 찾아 스스로를 위로하는 말이다. 나도
생활 속에서 이 관용어구를 많이 사용하는 편이다. 이는 어찌 보
면 내 신앙의 표현이요, 낙관적 인생관의 표현이다.

삶 가운데 어찌 시험이나 환난이 없겠는가. 그럴 때마다 이 어구를 사용해 볼 일이다. 어찌 보면 지구상에 출생하여 삶을 영위하는 것 자체가 나로서는 '불행 중 다행'이다.

죄 된 인간으로 태어나, 인생에 있어 필수적인 고난도 때로 겪으며 살아간다는 것은 분명 '불행'이나, 그리스도를 영접하여 성도로 살아가고 있으니 이 어찌 '아찔한 다행'이 아니겠는가.

탱자나무 묵상   - 2003.8.15.금.

내 고향 군산시 구암동 궁멀마을의 좁은 시멘트길을 걷다 보면 예쁜 나무 울타리로 밭을 둘러싼 집이 하나 있다. 그 나무 울타리는 흡사 차밭의 한 이랑처럼 둥글둥글 길다랗고 예쁘다. 그런데 가까이 가서 보면 그 예쁜 나무 울타리가 모두 가시 돋친 나무들로 이루어진 것을 알 수 있다. 탱자나무다. 날카로운 가시들 사이로 열리는 열매가 탱자인 것이다.

딸 혜림이에게 말했다.

"혜림아, 이 가시 보이지? 사람들이 이런 가시로 관을 만들어 예수님 머리에 씌웠던 거야. 그래서 우리가 '가시관 쓰신 예수님' 그러는 거야."

"그래서 예수님 피 났지?"

"응, 예수님이 우리들 죄를 대신 지시려고 머리에 가시관 쓰시고 십자가에서 죽으셨다가 부활하신 거야."

탱자나무를 보고 난 후 내 마음에 다시금 평안이 찾아왔다. 사실 이번 군산행은 매우 가슴 아픈 발걸음이었다. 내가 아는 한 사람이 큰 죄를 지은 상태이기에….

주일 오후, 친정집으로 가는 길에 본 탱자나무는 나에게 큰 위안을 주었다. 예수님이 가시관 쓰시고 무지막지하고 처참한 십자가형으로 죽음 당하실 수밖에 없었던 이유를 알 것 같았다. 이번 그의 죄악까지도 대속하시기 위해서는 예수님이 그렇게 죽으셔야만 했던 것이다.

눈물이 날 것 같았다. 다시금 예수님 십자가의 의미에 대해 상기시켜준 탱자나무를 바라보며 기도했다. 그에게 참회개의 시간을 허락해 달라고, 예수님이 이미 대속하신 그 죄악을 주께 고하고 용서를 구하여 불의에서 벗어나(요일 1:9) 새사람이 되게 해 달라고….

이래도 못 믿겠냐?　　　　　　　　　　- 2003.11.13.목.

출판물 교정을 하고 있었다. 각주를 모아 놓은 '후주' 부분을 하는데, 영어, 독일어, 네덜란드어가 뒤섞인 이름과 책명이 많아서 일일이 철자도 확인해 가며 하느라 진도도 느리게 나가고 진땀을 빼고 있었다. 특별새벽기도회 기간이라 일찍 일어나야 하므로 마음은 바쁜데 시간은 빨리 흐르고 밤은 깊어만 갔다.

그러다가 본문의 어느 한 곳을 찾아야 되었다. 그런데 교정지에 면주(페이지와 단원명 표시 부분)가 아직 타이핑되지 않아서 해당 본문을 찾기란 쉽지 않았다. 한참을 뒤적이다 찾아내곤 했는데, 지금 바로 놀라운 일이 일어났다. 단번에, 단 한 번 교정지의 어느 한 곳을 펼쳤는데, 찾으려 한 바로 그 해당 본문이 펼쳐진 것이다. 순간, 하나님의 도우심이 느껴졌다.

'이래도 나를 못 믿겠냐?' 하시며 웃으시는 듯했다.

돌도 안 된 아이를 키우느라 낮에는 제대로 일을 못하고 밤에 집중해서 일하곤 하는데, 가족들을 위해서 애쓰는 나의 모습을 하나님께서 안쓰럽게 여기셨나 보다. 하나님의 '깜짝 위문'에 감사!!

보혈 리필이 없다면?   - 2004.1.6.화.

리필(refill)이란 말이 있다. 다시 채운다는 의미인데, 예를 들어

커피숍에서 커피를 한 잔 더 채워 주거나, 잉크를 다시 채워 쓰는 일 등을 일컫는다. 따라서 리필 제품은 원래의 틀만 있으면 계속해서 내용물만 다시 채워 반영구적으로 쓸 수 있는 것이다.

오늘 〈하이델베르크 요리 문답〉 중의 한 부분을 보면서 다시금 하나님께 무한한 감사와 찬송을 올렸다. 다음은 하이델베르크 요리 문답 제56문답 중의 일부 내용이다.

"하나님께서는 내가 영원히 정죄에 이르지 않도록 그리스도의 의를 제공해 주십니다."

우리는 예수님의 보혈을 의지하여 하나님께 죄를 고하고 용서함을 얻는다(요일 1:9). 그런데 만약 하나님께서 단 한 번만 보혈을 제공(?)해 주시고 "리필은 내 사전에 없다!" 이러신다면 내 삶은 어떻게 되겠는가…. (그야 물론 내 삶은 $%¥&#@¿…)

끊임없이 이 못된 나를 포기하지 않으시고 그리스도를 인하여 '매번' 용서해 주시고 칭의해 주시니 감사할 따름이다. 또 눈물이 나려고 그런다….

아빠 성경사전의 '주후 2001년'

성경 용어를 찾아볼 일이 있어 아빠의 유품인《베스트 성경사전》을 펼쳐보았다. 사전의 맨 끝장에 있는 아빠의 서명을 보고 나는 울컥 아빠 생각이 나서 그 좋은 필체를 한참 동안이나 들여다보았다. 아빠는 한자로 다음과 같이 적어 놓으셨다.

主后貳仟壹年四月六日　 (주후 이천일년 사월 육일)
群山基督教百貨店에서　 (군산기독교백화점에서)
金容鎬　　　　　　　　 (김용호)

2001년 4월 6일은 아빠께서 장로장립식을 마친 다음날이다. 장로가 되었으니 성경 지식에도 더 능해야겠다는 생각으로 아마 성경사전을 장만하신 모양이다.

아빠의 서명 중에 '主后'라는 말이 눈에 띄었다. 한자에 능하셨던 아빠께서 '後(뒤 후)'를 잘못 '后(임금 후)'로 쓰실 리는 없는 터라 옥편을 찾아보았더니, 아닌 게 아니라 '后'는 '뒤 후'와 호환하여 쓰이는 글자였다.

아무튼 '주후 2001년'이라는 아빠의 서명에서 나는 아빠의 신앙과, 크리스천으로서 가지는 기본적인 기독교적 세계관을 엿볼 수 있어서 마음이 흐뭇했다. 사랑하는 나의 친정아버지 김용호님은 분명 지금 천국에서 주님과 함께 있는 것이다. 아빠의 서명을 통해서 또 한 번 나를 위로하시는 하나님의 손길을 느낀다.

애써 단기(檀紀)나 불기(佛紀)를 셈하며 살아가는 인생들이 우리 동포 중에 아직도 많이 있다. 민족애 운운하며 일간신문에도 단기를 명시하는 신문사도 있다. 이러한 사실들은 그만큼 우리 크리스천들에게 숙제가 많다는 뜻이기도 하다.

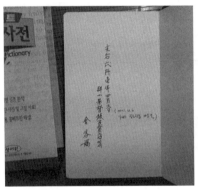 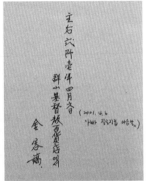

18k 인생
- 2004.11.

거룩함의 순도로 보자면 모든 인생은 18k 정도의 삶까지는 영위할 수 있을 것이다.

예수님의 분량까지가 24k라면.

욥이 소망했던 정금, 혹은 24k…. 그는 말했다. '정금같이' 되리라고. 결코 '정금으로'는 될 수는 없다는 걸 알았을까?

24k를 소망하며 우리 또한 오늘을 산다. 혹 14k, 10k이거나 아니면 아직은 구리의 삶일지라도 우리의 높은 이상을 결코 놓지 않으며 한 걸음씩 나아갈 일이다.

> "내가 이미 얻었다 함도 아니요 온전히 이루었다 함도
> 아니라 오직 내가 그리스도 예수께 잡힌 바 된 그것을
> 잡으려고 달려가노라(빌립보서 3:12)"

도금, 특수 도금, 24k   - 2004.5.4.화.

일찍이 욥은 하나님의 단련하심을 입은 후에는 '정금' 같이 되리라고 소망하며 고난을 이겨냈다(욥 23:10). '정금'이란 말은 '순금'이란 말이다. 다른 말로 하면 24k다. 이보다 좀 못한 준보석이라 할 만한 것은 소위 '특수 도금'이다. 나도 18k 특수 도금된 팔찌가 하나 있는데 여간해서는 색깔이 변하지 않고 예쁘다. 특수 도금보다도 못한 그야말로 가짜 보석은 '일반 도금'된 것이다. 이것은 쉽게 도금이 벗겨져서 색깔이 흉하게 변해버린다.

일반 도금에서 특수 도금, 순금으로 갈수록 값어치가 높다. 정금을 소망하며 우리의 상태를 성화시켜 가는 것이 성도의 인생 여정이라고 볼 때, 나는 지금 몇 퍼센트의 순도를 가진 자인지, 도금 상태인지, 특수 도금 상태인지, 24k에 근접하려고 하는지 스스로를 날마다 감정(?)해 봐야 한다. 옥석은 분명코 주의 보좌 앞에서 가려질 것이매….

포지티브와 네거티브   - 2004.12.30.목.

- 포지티브(positive) : 명확한, 밝은, 적극적인, 긍정적인, 좋은
- 네거티브(negative) : 불명확한, 어두운, 소극적인, 부정적인, 나쁜

위에서 보는 바와 같이 두 단어는 극명하게 구별됩니다.

저는 교회 안에서의 여러 사역들을 바라보면서 혹은 체험하면서 때론 교회 안의 사역들이 어떤 이유로 제지되거나 방해 받는다는 느낌을 가질 수 있었습니다. 그럴 때 제 머릿속에 떠오른 표현은 바로 이것입니다. "교회 사역이야말로 '포지티브'해야 한다!!!"

요컨대, 각자 받은 달란트대로 힘을 다해 사역하도록 서로 독려해 줘야 한다는 점입니다. 내가 갖지 못한 달란트를 남이 가졌다

면 우리는 그 사람이 달란트를 십분 활용하여 일할 수 있도록 독려해 주어야 마땅합니다. 그런데 안타깝게도 그렇지 못한 모습을 볼 때가 있습니다. 열심히 일하는 사람을 격려는 못할망정 반목하고 질시한 나머지 사역을 그만두게끔 하는 사례들이 없지 않아 있는 것입니다.

당신이 만약 받은 바 달란트를 가지고 헌신된 마음으로 섬김의 자세로 당신의 몸과 시간과 열정을 바쳐 교회 일을 하고자 할 때에, '너는 그렇게도 앞에 나서고 싶으냐' 내지는 '그렇게 주목받고 싶고 칭찬받고 싶고 인기 얻고 싶으냐' 등등의 비난을 받게 된다면 그 심정이 어떻겠습니까….

세상은 어떨지 몰라도 교회에서만큼은 그리해서는 안 되리라 봅니다.

성숙한 성도들마저도 연약한 자들처럼 행동하는 모습을 볼 때에 안타깝기 그지없습니다. 성숙한 성도들이여, 주의 백성들이여, 서로를 세워주고 높여주고, 남을 낮게 여기고, 남의 달란트를 인정해 주고 독려하면서 몸 된 교회를 지켜 나갑시다.

달란트를 지녔음에도 불구하고, 아니면 달란트는 없지만 어떤 분야에 남다른 열정을 지녔음에도 불구하고 남의 이목과 판단과 비난이 두려워 하나님의 일을 하지 못하게 되는 일은 교회 안에서는 없었으면 합니다. 남을 끌어내리는 '네거티브'로 생활하지 말고 서로를 세워주는 '포지티브'로 생활함으로 교회 안에서의 사역들이 점점 왕성해져 가기를 간절히 원합니다.

'열린 한마당'도 그러한 의미에서 더욱 참여자들이 늘어나고 좋은 교제의 장이 되기를 바랍니다. 특히 장년층은 소속기관의 카페나 홈피가 없는 경우가 많으므로 '아줌마, 아저씨'들이 이 코너를 통하여 서로 은혜를 나누며 의견을 나누며 유익한 교제를 나눌 수 있으리라 봅니다. 망설이지 마시고 글도 올리시고 사진도 올리시고 댓글도 다는 식구들이 늘어가기를 바랍니다.

> "서로 돌아보아 사랑과 선행을 격려하며(히브리서 10:24)"
> "아무 일에든지 다툼이나 허영으로 하지 말고 오직 겸손한 마음으로 각각 자기보다 남을 낫게 여기고(빌립보서 2:3)"

아멘!!

(2021 추신 : 2004년, 남편이 부교역자로 있던 안양일심교회 홈피 게시판에 올

린 글. 당시 어느 분이 타인의 말 때문에 상처 입었다는 소식을 듣고, 교회 게시판 '열린 한마당'에 올렸던 글임.)

하나님 아저씨(?)
- 2005.4.14.목.

우리는 하나님을 '아버지'로 부릅니다. 참으로 우리의 아빠이시기 때문입니다.

그러나 우리는 종종 하나님이 우리 아빠이신 걸 잊고 삽니다. 입술로는 '아버지'라 부르면서도 마음으로는 '아저씨'를 대하듯 친밀하지 않습니다.

기도해 놓고도 염려하는 우리들, 거듭났음에도 혈통을 따지는 우리들, '그리스도 가문'의 한 형제요 자매들이면서도 직업을 따지고 학벌을 따지고 인맥을 따지는 우리들… 교회는 세상과 달라야 합니다!

제가 아는 어떤 분은 소위 '사생아'로 태어났습니다. 육신의 아버지를 만나본 적이 없습니다. 그리고 현재의 직업도 세상적 기준, 즉 소득 수준으로 보아서는 변변치 않습니다. 사실 매우 건전한 직업이고 정직한 직업이고 이 사회에 꼭 필요한 직업이지만 본

인은 자신의 직업을 부끄러워합니다. 그분은 개인 기도도 열심히 하고 있고, 주 안에서 성도들과 교제하며 자라가기를 간절히 원하면서도 교회 모임에 나가기는 꺼려합니다. 모임에서 사람들끼리 아무렇지도 않게 주고받는 대화 내용인, "성씨가 저랑 같네요. 본관은 어디십니까?" 내지는 "무슨 일을 하십니까?" 등등의 질문에 대답할 말을 아직 찾지 못해서입니다.

저는 안타까울 뿐입니다. 우리는 다 아담의 후손일 뿐입니다. 다 한 혈통입니다. 진화론이 아닌 '창조론'을 믿는다면, 그리고 거듭나서 그리스도 가문의 한 권속임을 확신한다면 자신의 출생에 대한 부끄러움에서는 벗어나야 하리라고 봅니다. 쉽지는 않겠지만 투명하게 내어놓고 '그럼에도 불구하고' 나는 은혜 받은 자요, 택한 백성임을 자랑해야 하지 않을까요?

아울러, 우리 모두는 이렇듯 애통하며 숨어 있는 형제자매들이 거리낌 없이 교제에 참여할 수 있도록 교회 모임들의 분위기를 더 바꿔야 합니다. 세상적 편견이나 세상적 잣대가 발을 붙이지 못하게 해야 합니다. 혈통과 신분과 계층과 부의 축적 정도와 직업과 학력과 출생지, 거주지역 등등에 의해 나뉘거나 상처 받는 사람이 교회 안에 있어서는 안 될 것입니다. 만약 그러한 세상적 교제의 기준을 교회 안에서까지도 적용하려는 사람이 있다면 그러한 태도는 비난받아 마땅할 것입니다.

하나님은 어찌 그리 자비하신지요…. 지구촌의 인간들은 외모(조건)를 따지지만 하나님은 중심(마음)을 보시고 그의 자녀 삼아 주십니다.

> "여호와께서 사무엘에게 이르시되 그 용모와 신장을 보지 말라 내가 이미 그를 버렸노라 나의 보는 것은 사람과 같지 아니하니 사람은 외모를 보거니와 나 여호와는 중심을 보느니라(사무엘상 16:7)"

> "영접하는 자 곧 그 이름을 믿는 자들에게는 하나님의 자녀가 되는 권세를 주셨으니 이는 혈통으로나 육정으로나 사람의 뜻으로 나지 아니하고 오직 하나님께로서 난 자들이니라(요한복음 1:12~13)"

> "너희가 그 은혜를 인하여 믿음으로 말미암아 구원을 얻었나니 이것이 너희에게서 난 것이 아니요 하나님의 선물이라 행위에서 난 것이 아니니 이는 누구든지 자랑치 못하게 함이니라(에베소서 2:8~9)"

저는 앞서 언급한 그분이 정말로 거듭난 자로서 하나님 앞에 '아들'로 엎드리어 감격 속에 '아빠 하나님'을 부르고, 사람들 앞에도 담대히 구원의 기쁨을 나누게 되기를 빌고 있습니다. 참 쉼과 참 기쁨을 그때서야 비로소 소유하게 될 것입니다.

우리는 모두 입술로나 마음으로나 '하나님 아버지'를 간절히 찾아야 할 것입니다. 우리가 여전히 '두 마음'을 품어 입술로는 하나님 아버지를 부르나 내심으로는 '하나님 아저씨' 정도로밖에 신뢰하지 않는다면 우리의 기도가 모두 열납되기를 바랄 수 없습니다. 전적 신뢰, 하나님은 이것을 바라고 계십니다. 아기가 엄마를 전적으로 신뢰하듯이 우리는 이생에 속한 모든 뒤틀린 문제들을 아빠 하나님께 아뢰고 신뢰하며 평강을 누리도록 합시다.

(내가 존경하는 어떤 분을 생각하며 쓴 글)

삼박자   - 2005. 4. 18. 월.

우리 구역원 중 두 가정이 며칠 동안 한 집에서 생활하게 됐다. 강선희 권찰님의 이사 과정 중에 입주까지의 공백이 생겼기 때문에 김은아 집사님 댁에서 지내게 된 것이다. 졸지에 식구가 여덟

이 되었으니 뭔가 음식 부조(?)가 필요한 듯하여 뭐가 좋을까 생각하다가, 계란 한 판을 사다 줘야겠다고 맘먹었다.

그런데 이게 웬일? 우리 남편이 저녁에 계란 두 판을 가져온 것이다. 어느 성도가 양계장에서 직접 가져온 싱싱한 것이란다. 와우!! 나는 너무 기분이 좋았다. 마음만 먹었을 뿐인데 우리 하나님, 이렇게 빨리 채워주시나….

당장 김 집사님께 전화했다. 그랬더니 안 그래도 계란찜을 하려다가 계란이 없어서 못 하고 메뉴를 바꿨다는 것이다. 한 판은 우리 냉장고에 배열해 두고 한 판을 묶어 들고 가는 내 발걸음이 너무 가벼웠다.

나는 김 집사님 집에 계란을 주고자 했다. 하나님은 이미 계란을 예비해 두고 계셨다. 김 집사님은 마침 계란이 필요하던 터였다. 아주 멋진 삼박자 아닌가!!

메러디스 빅토리호의 기적　　　　　- 2005.6.7.

호국 보훈의 달 6월이면 이 나라 이 민족을 여러 모양으로 지켜오신 하나님의 손길을 상고하게 된다.

특히 월간 〈가이드포스트〉 2005. 6월호에 실린 '메러디스 빅토리호의 기적'이라는 기사를 읽고 큰 감명을 받았다. 언젠가 TV에서 그 당시 한국인 통역관을 중심으로 다큐멘터리를 내보낸 적이 있었는데, 이번 〈가이드포스트〉에서 미국 선장을 중심으로 쓴 기사를 읽어 보니 다시 한번 흥남 부두의 감동 사건에 마음이 뭉클해진다.

참으로 기독교인들은 어딜 가나 '사람을 살리는' 자들임을 다시금 느끼며 자부심을 갖게 된다. 아울러, 공산화의 위험에서 우리나라를 건지신 하나님의 돌보심과 우방국의 사랑을 되새길 수 있었다. 애국가의 한 구절처럼 "하나님이 보호하사 우리나라 만세"다!

다음은, 내가 인터넷에서 메러디스 빅토리호에 대한 다른 기사들을 검색해 보고 나름대로 정리한 내용이다.

◀1950년 12월 흥남 부두에서 1만4천 명의 피난민을 구출한 미국 상선 메러디스 빅토리(Meredith Victory)호.

우리 전통가요 중에 〈굳세어라 금순아〉의 가사는 이렇게 시작된다. "눈보라가 휘날리는 바람 찬 흥남부두에~"

그 흥남부두 철수 중 바로 메러디스 빅토리라는 미국 화물선이 북한 피난민들을 구해 내었던 것이다. 앞으로 이 가요가 들려올 때면 '메러디스 빅토리호'를 기억할 일이다.

메러디스 빅토리호는 1950년 12월, 한국전쟁 중의 흥남 철수 당시 북한 피난민 14,000명을 구해낸 기적의 배의 이름이다. 지난 2004년 9월에, 인류역사상 '한 척의 배로 가장 많은 인명을 구출한 기록(The Greatest Rescue Operation by a Single Ship)'으로 기네스북에 등재되었다.

그 배는 비행기용 제트 연료를 수송하기 위한 목적으로 그 연료들을 싣고 선장과 47명의 미국 선원들이 위태로운 탈출을 감행하려던 시기에 처해 있었는데, 흥남 부두에서 구원의 손길을 기다리는 북한(적국) 피난민들을 그냥 두고 갈 수 없어 14,000명이라는 어마어마한 숫자를 태우고 목숨이 위태로운 항해를 3일간 하였던 것이다. 그 배는 사실 화물선으로서 사람을 태울 수 없었던 배였다. 배의 상급선원이었던 로버트 러니 씨(2004년 현재 77세)는, "선장님은 '눈에 보이는 모든 사람들은 한 명도 빠짐없이 구출하라'고 명령하였습니다."라고 증언한다. 흥남 부두에서 거제도까지 3일간의 항해 동안 단 한 명의 인명 사고도 없었으며 오히려 5명의 아기가 태어났다고 한다. 미국 선원들은 자기들의 옷을 벗어

추위에 떠는 노약자들을 돌봤다고 한다. 한마디로 하나님의 '돌봄'의 역사이며 그리스도인들의 '돌봄'에 의한 기적의 스토리다.

그 배의 선장이었던 레너드 라루는 한국전이 끝난 후 수도사가 되었다.

"저는 때때로 그 항해에 대해서 생각합니다. 어떻게 그렇게 작은 배가 그렇게 많은 사람들을 태울 수 있었는지, 그리고 어떻게 한 사람도 잃지 않고 그 끝없는 위험들을 극복할 수 있었는지 생각합니다. 그러면 그 해 크리스마스에 황량하고 차가운 한국의 바다 위에서 하나님의 손길이 제 배의 키를 잡고 계셨다는 명확하고 틀림없는 메시지가 저에게 옵니다." -레너드 라루 선장(마리너스 라루 수사, 2001년 10월 소천함.)-

창세기 1장 1절   - 2005.6.

"태초에 하나님이 천지를 창조하시니라."

이 말씀이 믿어지면 당신은 '신자'다.
이 말씀이 믿어지지 않으면 당신은 '비신자'다.

창 1:1은 신앙의 처음이자 마지막이다.

인생관, 세계관, 가치관의 주춧돌이다.

모든 사유(思惟)의 시작이며 중심이다.

낙타와 말

파울로 코엘료의 소설 《연금술사》에 보면 낙타와 말에 관한 짧은 언급이 있다. 낙타는 지쳐서 죽기 직전까지 충성을 바치고는 대책 없이 갑자기 쓰러져 죽음으로써 일종의 배신을 한다는 것이다. 반면 말은 자기의 상태를 감지하는 대로 표시를 하여서 조절을 해가며 오랫동안 주인에게 충성을 다한다는 것이다.

낙타와 말… 어느 쪽이 더 충성스러운가…. 갑자기 판단하기 힘들어진다….

다만, 낙타의 행위를 '배신' 운운하는 것은 너무 심한 평가 같다. 낙타는 단지 '뱀처럼 지혜롭고 비둘기처럼 순전하라'는 말씀을 몰랐던 것이다.

교회 사역에 있어서도 낙타와 같이 사역하는 분들이 간혹 있다. 말 그대로 '죽도록' 일하시다가 갑자기 육신의 병을 얻거나 마음의 병을 얻어 사역을 그만두는 경우가 있다. 교회 사역을 함에 있어서도 조절 내지 진단, 점검, 재충전 등이 반드시 필요한 것이다. 내 개인적인 생각으로는 교역자뿐 아니라 평신도 사역자들에게도 안식년이 필요하다고 본다. 낙타처럼 되지 않기 위해서는 말이다.

떨빵 철학

'떨빵하다'라는 말이 있다. 둔하고 어리석다란 뜻으로, 어벙하다, 어리숙하다 정도의 말이다.

그런데도 왠지 나는 '떨빵'이라는 말이 주는 느낌이 좋다. 그냥 좋다.

하도 떨빵한 사람들이 드물어서일까? 요즘은 애나 어른이나 너무 똑똑하다.

비논리적이고 비상식적이면서도 왠지 밉지 않고 오히려 정이 가는 떨빵한 사람들이 나는 그립다.

사실 나도 좀 떨빵하다. (실제로 나더러 떨빵하다거나 떨떨하다거나 하는 표현을 하는 사람들도 있었다.) 셈도 형편없고 욕심도 그다지 부리지 않는 편이다. 삶을 영위하기 위해서는 필요한 만큼의 욕심과, 필요한 만큼의 '전의(戰意)'가 필수적인데 말이다.

암튼 그래도 나는, 남에게 해를 끼치거나 자신의 삶에 해를 끼치는 데까지는 말고 적당한 수준에서 모두들 좀 떨빵해졌으면 좋겠다.

아마도 태초의 인류가 금단의 열매를 먹기 전까지는 충분히 떨빵했으리라….

바통

계주에서는 주자들 간에 바통을 주고받는다.

아무리 1등으로 달렸어도 바통을 물려받지 않은 주자에게는 1등상이 주어지지 않는다.

이단들을 보라. 얼마나 열심히 뛰는가. 가히 살인적이다.

신천지, 여호와의 증인, 하나님의 교회, 통일교, 구원파, 안식교, 기타 이름 모를 무수한 이단과 사이비들… 무슬림 중 일부는 어떤가. 자살 폭탄 테러 등을 자행하는 그들의 열심(?)에는 치가 떨릴 정도다.

그러나 그들은 과연 바통을 쥐고 뛰는 것인가.

하늘 보좌에 계신 분에게 그들이 받을 평가는 어떠할 것인지…

"에라, 이눔들아! 허벌나게 뛰면 뭐하느냐. 괘씸한 것들…!"

이러실 게 뻔하다.

올바른 신학과 신앙, 이것이야말로 목숨을 내걸 만한 '바통'이 아닌가!

연장의 중요성

천원 코너에서 요술행주라는 것을 샀다. 초극세사 어쩌구 하는 것이다. 써 보니 의외로 좋다. 수분 흡수도 빠르고 얼룩도 금세 닦인다. 기존에 쓰던 행주보다 훨씬 좋다. 기분이 좋아 식탁뿐 아니라 냉장고, 가스레인지 등 여러 곳을 닦아 보았다.

역시 연장, 도구가 좋아야 한다.

인생의 여러 대적들을 무찌르는 데에도 적절한 연장 내지 무기를 써야만 시원하게 물리칠 수 있다. 우리 그리스도인들은 백전백승의 탁월한 성능을 자랑하는 그 무기를 일컬어 '말씀의 검'이라 부른다.

하나님의 살아 역사하는 말씀만이 백전백승의 무기이다. 다른 것으로는 기껏해야 백전오십승일 게다.

다윗의 물맷돌

과연 물맷돌 하나 때문에 골리앗이 쓰러졌겠는가.

물론 물맷돌 하나 때문에 골리앗은 죽었다.

그러나 그 물맷돌이 생명을 앗아갈 수 있도록 정확한 위치에 박

히게 하신 건 하나님이시다. 하나님은 다윗의 영혼과 몸을 도구로 사용하시었다.

하나님은 다윗의 입술을 통해 '전쟁은 여호와께 속한 것'이라는 계시적인 말씀을 선포하시고 만천하에 여호와 하나님이 살아계시고, 모든 전쟁을 통치하심을 나타내 보이셨다.

> "또 여호와의 구원하심이 칼과 창에 있지 아니함을 이
> 무리로 알게 하리라 전쟁은 여호와께 속한 것인즉 그
> 가 너희를 우리 손에 붙이시리라(사무엘상 17:47)"

우리의 영혼과 몸을 내어 드릴 때 하나님은 우리에게도 넘치는 영감과 물맷돌 한 개를 주실 것이다.

그러면 우리는 그 옛날 다윗처럼 승리하고야 말 것이다.

김 일병에게도 '그대'가 있었다면…   - 2005.6.25.

1990년대 초, 김민우라는 가수가 부른 노래 중엔 좋은 노래가 많았던 것으로 기억된다. 〈휴식 같은 친구〉라는 멋진 제목의 노래도 있었다. 그의 노래 중 많은 히트를 기록한 것 중 하나는 〈입영 열차 안에서〉다.

6.25인 오늘, 오랜만에 라디오에서 이 노래를 들은 뒤로 하루 종일 머릿속에서 가사가 맴돈다. 눈물도 핑 돌려 한다.

> 어색해진 짧은 머리를 보여주긴 싫었어…
> 손 흔드는 사람들 속에 그댈 남겨두긴 싫어…
> 3년이라는 시간 동안 그댄 나를 잊을까…
> 기다리지 말라고 한 건 미안했기 때문이야…
> 그곳의 생활들이 낯설고 힘들어 그대를 그리워하기 전
> 에 잠들지도 모르지만…
> 어느 날 그대 편질 받는다면 며칠 동안 나는 잠도 못
> 자겠지…
> 이런 생각만으로 눈물 떨구네 내 손에 꼭 쥔 그대 사진
> 위로…
>
> 김민우, 〈입영열차 안에서〉

며칠 전 새벽, 군부대 중 GP라는 곳에서 끔찍한 총기난사 사건이 있었다.

김동민 일병… 이번 사건의 가해자다. 듣기론 내성적이며 컴퓨터 게임을 즐기고, 실연의 경험도 있다고 한다.

〈입영열차 안에서〉에 표현된 '그대'가 그에겐 없었나 보다. 그에게는 가슴 설레게 할 '그대'라는 연인이 없었다. 삶의 무게에 억눌

릴 때마다 그를 격려해 줄 '그대'라는 지혜자도 없었다. 왜 살아야 하는지 가르쳐주는 '그대'라는 전도자가 없었다. 왜 서로 사랑하며 인내하고 섬기며 살아야 하는지 알려주는 '그대'의 말씀도 없었다.

김 일병에게도 소중한 '그대'가 있었다면 그는 그렇게 자기의 삶을 짐승처럼 내팽개치지는 않았을 것이다.

이 땅에 얼마나 많은 김 일병들이 있는지… 군대뿐 아니라 사회 곳곳에 김 일병과 같은 이들이 표류하며 탄식하고 있다. 또 한 번 그리스도인들이 회개할 일이다. 이 땅의 많은 영혼들이 표류를 끝내고 삶을 끌어안을 수 있도록, 자신의 삶과 타인들을 사랑할 수 있도록 가르쳐줘야 한다. 바로 우리 그리스도인들이 할 일이다.

자기도 모르는 사이에 자기 파괴의 길을 걷는 수많은 방황자들에게 우리가 바로 한 사람의 '그대'가 되어줘야 할 것이다.

백성, 군사, 용사   - 2005.7.5.월.

지구촌엔 무수한 하나님의 백성들이 산다.
그 중엔 충성스러운 하나님의 군사들도 있다.
군사들 중에도 특별히 용맹스러운 용사들도 있다.

하나님의 백성들이 다 용사가 된다면 하나님의 나라는 더 빨리

도래할 것이다.

3소

- 2005.8.

하나님 안에서 참 '소망'을 가진 자는 곧이어 '소명'을 깨닫게 된
다. '소명'을 깨달은 연후에는 '소임'을 다하기 위해 일생을 바친다.

소망, 소명, 소임… 그리스도인의 중요한 '3소'다.

목동의 아내

나는 목동의 아내다.

나의 남편은 양을 치는 목자이며 따라서 우리 가족은 유목민이다.

목자장께서 내일이라도 당장 다른 목장으로 옮겨가라 하시면
옮겨가야 한다.

그러나 나는 행복하다. 선한 목자 예수님을 닮아가려는 착한 목
동이 나의 남편이기 때문이다. 나는 목동의 아내인 것이 참으로
다행스럽다.

나는 목동의 아내다. 이것이 나의 정체성이다.

(2021 추신 : 내 싸이홈피 이름은 '목동의 아내'였다. 아 싸이월드… 아련하다…)

철학의 끝 - 2005.9.

철학이 무엇일까? 인생의 근원을 연구하고 지혜와 명철을 얻어 내려는 학문일 게다. 어떤 이는 '철학은 신학의 시녀다'라고 말했다는데, 정말 탁월한 표현이다.

> "그런즉 지혜는 어디서 오며 명철의 곳은 어디인고…
> 하나님이 그 길을 깨달으시며 있는 곳을 아시나니…
> 주를 경외함이 곧 지혜요 악을 떠남이 명철이라 하셨
> 느니라(욥기 28:20~28)"

그리스도인들, 더 이상 철학을 할 필요가 없는 사람들이다. 영혼의 표류와 방황과 헛갈림은 이미 끝났기 때문이다.

아직도 헛갈려하고 표류하는 많은 인생들, 철학자들 중에도 있을 터…

그러나 우리는 철학의 끝을 넘어 '신앙'을 하는 축복된 존재들이다.

아들이니까!

우리 아들(3세)이 미숫가루를 마시고 나더니 내 뒤로 와서는 내 바지에 얼굴을 비벼댄다. 바지가 어찌 되었겠는가. 아들의 입가에 묻었던 미숫가루 반죽(?)이 고스란히 내 바지에 옮겨 묻어 버렸다. 이런… "너, 이눔의 자슥… 에효… 아들이니께 봐준다. 임마!!" 하고 말았다.

하나님도 내게 자주 그러실 게다. "에고, 속 터져… 딸이니께 봐준다…"

하나님, 토닥토닥…   - 2005.10.6.

우성이가 안아 달라 조른다. 바쁜 와중이지만 억지로 안아본다. 울음소리가 듣기 싫어서.

우성이 등을 토닥여준다. 우성이도 그 작고 귀여운 손으로 내 등을 토닥여준다.

자식을 안은 엄마의 행복감이 밀려온다. 열일 젖히고 언제까지고 이렇게 안고 싶어진다. 우성이 이마에, 볼에, 입에 뽀뽀를 마구 날려본다.

하나님은 사랑의 존재시다. 외람되지만 하나님을 분해(?)해 보면 아마도 '사랑'이란 단일원소로 가득하고 겨우 한 쪽 발가락 쪽 어디메에 '공의'라는 원소가 움츠러져 있을 것이다.

죽기까지 사랑하시고, 무섭게 질투하시고, 탄식하며 외로워하시는 우리 하나님의 사랑보다 그 누구의 사랑이 승하랴. 오늘도 하나님은 사랑을 주고 사랑을 받기 원하신다. 내 등을 토닥이시며 나 또한 하나님을 꼬옥 안고 토닥여드리길 원하실 게다.

하나님! 매우 바쁘시겠지만 저 또 안아주세요. 저도 당신을 토닥여 드릴게요. 토닥토닥…

(2021 추신 : 현재 고등학교 3학년인 울 아들, 지금도 나는 아들을 자주 안아준다. 거의 마주칠 때마다…^^)

낙엽처럼 바스러지거라! - 2005.11.9.수.

의왕 롯데마트 가는 길이 온통 낙엽길이다.

나와 우성인 한 자전거에, 혜림은 킥보드로 '굴러'가다가 다 같이 내려 낙엽길을 '걸어' 본다.

혜림과 우성을 앞세우고 뒤에서 걸으며 그 아이들 발밑에서 바스락거리며 부서지는 낙엽들을 본다.

우리 혜림이와 우성이 인생길을 걸을 때 온갖 악한 것들과 위험한 것들과 더러운 것들을 들이대는 사탄의 궤계는 이 낙엽들과도 같이 낱낱이 바스러지거라…. 발도 붙이지 말고 냉큼 흩어 없어지거라….

힘 있게 걸으며 낙엽들의 스러져가는 소리를 즐기는 우리 두 아이들, 입이 귀에 걸려 있다.

전도의 시공간   - 2006.2.9.목.

"저희가 날마다 성전에 있든지 집에 있든지 예수는 그리스도라 가르치기와 전도하기를 쉬지 아니하니라(사도행전 5:42)"

전도의 시간 : 날마다 → 매순간
전도의 공간 : 집이든 성전이든 → 어디서든

나는 하나님의 수양딸

- 2006.2.9.목.

"무릇 하나님의 영으로 인도함을 받는 그들은 곧 하나님의 아들이라 너희는 다시 무서워하는 종의 영을 받지 아니하였고 양자의 영을 받았으므로 아바 아버지라 부르짖느니라(로마서 8:14, 15)"

(2021 추신 : 개역개정판에는 '아빠 아버지'로 되어 있다. 아빠, 아버지, 우리 하나님!)

하나님과 주부들의 공통점

- 2006.3.

최대의 관심이 '육아'라는 점!

예수 보험

'예수 보험'만큼 확실한 보험이 있을까?!
그런 점에서 전도대원들은 영적인 생활설계사들이다.

자식이 뭔지…

또 창호지에 구멍이 나 있다.

주일날 개구쟁이들이 가고 난 다음엔 꼭 창호지 구멍이 몇 개 늘어 있다. 우리 집엔 유리창 안쪽으로 창호지문이 또 있는데 우리 딸, 아들과 그 친구 집단(?)이 휩쓸고 가는 주일 저녁에 보면 가관이다. 과자 부스러기는 여기 저기, 장난감도 여기 저기….

창호지 구멍을 투명 테이프로 막으며 화가 나려다가 그래도 이 창호지를 뚫었을 그 고사리 손, 우리 딸, 아들의 손가락을 생각하니 스르르 마음이 가라앉는다.

에효… 자식이 뭔지…

우리 하나님의 탄식도 매일 매일 우리를 겨냥하며 "에효… 자식이 뭔지…" 하실 것이다.

이러한 주님의 마음을 알기에 오늘도 또 같은 내용의 자백과 회개를 아뢸 뿐이다.

사진 묵상

타인의 촬영분은 주를 달았다.
그 외 사진과 글 : 김은실

쪼르르 키 순서대로

1974년 군산성암교회 성탄전야발표회
막간에 있었던 '가족 특송'
왼쪽부터 우리 아빠, 언니, 오빠, 나, 남동생, 엄마
키 순서대로 쪼르르…

사남매의 나이와 키가 비례했던 어린 시절
흑백의 아련한 추억

엄마 옆 단발머리 소녀는 누군지 모르겠고, 마치 우리 가족처럼 사진에 찍혔다. 이 사진
을 찍어 우리 가족에게 전해준 누군가에게 진심으로 감사드린다.

해는 져도

해는 져도
십자가는 지지 않는다.

창대교회의 십자가와 석양

재림 대망

나팔소리를 대망합니다.
재림 나팔 소리!

서울시민교회 벽화, 나팔이 곳곳에 형상화되어 있다.

왼쪽만 둘

잘못 사온 신발
왼쪽만 둘
아무짝에도 쓸모없다.

탈출구 1

어둠에서
좌절에서
위험에서
분노에서…

빠를수록 좋다.
탈출은!

탈출구 2

속도도 중요하지만
더 중요한 건
방향!

사진 장소 : 그리스, 2018

동지

동지는
언제나
같은 곳을
바라본다.

사진 장소 : 캘리포니아 해변, 촬영 : 송종록 선교사님, 2015

상징

평범한 나무도
불꽃을 입으면
뚜렷한 상징이 된다.

나는 불꽃을 입었는가.
나와 불꽃과의 연합은 지속되는가.

사진 장소 : 캘리포니아 해변, 2015

유대 광야에서

인생의 필수코스 광야
괴롭지만 결코 헐벗지 않게 하신다.
그분께서는!

사진 장소 : 이스라엘, 2018

하여가

이런들 어떠하리
저런들 어떠하리
얽혀 산들 어떠하리

하여가를 부르자.
죽고사는 문제 아니라면!

사진 장소 : 로스앤젤레스, 2015

1등급보다도 값진

반에서 투표로 두 명을 뽑았단다.

선행상 두 명.

그것을 우리 아들이 받다니…

1등급 성적보다도 훨씬 값진 걸 받아왔다.

감개무량!

2019 우리 아들이 고1 때다.

기분 좋아지는 사진

박장대소 울엄마
파안대소 형부, 언니, 오빠, 올케언니, 남동생…
참으로 즐겁도다!

내 핸드폰에 저장해놓고 우울할 때면 한 번씩 보는 사진이다. 이 사진 누가 찍었는지는
동생한테 물어봐야겠네….

길 잃은 달팽이

어디로 갈 꺼나.
물에 비친 세상은
거꾸로만 보이고.

사진 장소 : 우리 집 옥상

살아야 한다

빗방울은 굵어지고
어쩌다 뾰족한 발톱들에 갇힌 신세
매달리고 기어올라
기어코 살아야 한다.

사진 속 다육식물의 이름은 '호랑이발톱바위솔'

영적 탯줄

난생 처음 감자를 수확해 봤습니다. 하하.
그것도 화분에 심은 것을.

그런데 감자도 탯줄로 연결되어 자란다는 것을 오늘에야 알게
됐습니다. 오십 넘어서. 큭….

'영적 탯줄'을 생각해 봅니다.
태초의 그분과 연결돼 있음이 얼마나 감사한지요!

저 귀여운 감자의 탯줄을 내 머릿속에 각인시켰습니다.
꼭 붙어 떠나지 않으리라… 내 생명줄…
임마누엘!

이 사진과 글은 주간신문 〈기독교보(2020.8.8.)〉에 실렸다.

작은 나를 기억하시옵소서

주님, 두 손 들어 기도하나이다.

작은 나의 두 손

짧은 나의 두 팔

낮은 나를 기억하여 주시옵소서.

사진 장소 : 통곡의 벽, 2018

우리 아가들 어록

내 개인적으로 생각할 때, 아기들의
천사 같은 언어는 대략 6세 정도까지?
그 이후엔 인간의 언어를 구사한다….
부모들이여, 아이가 7세 되기 전에
부지런히 받아쓰기해 놓으시구랴…! ^^

조혜림 어록

2001(3세)~2009(11세)

2001 - 3세

"안 놀아!"

: 혜림이의 가장 큰 위협.

- 혜림이의 비누 개그
1. 비누 거품을 보더니, "비누 하—품!"
2. 비누를 귀에 대고, **"여보떼요(여보세요)!"**

- 수정이 안 되고 있는 혜림이의 발음 내지 언어
: 여보세요 → **여보떼요**, 조심 → **조띰**, 라면 → **라면**, 목련 → **목
년**, 우체통 → **유체부통**('우체부통'도 아니고 '유체부통'이라 한
다), 코딱지 → **코팟찌**, 정신 차려 → **점심 차려**, 깜빡 잊어버렸
어 → **깜빱 잊어버렸어.**

"달이 뚱뚱해!"

- 2001.3.29.금.

: '보름달'을 보고 혜림 왈.

"나, 일 방울 했다!"

- 2001.4.2.

: 배변 후.
　일 방울 = 한 방울.

"목넌 꽃잎들이 아프대!"

- 2001.4.

: 떨어진 목련 꽃잎들을 보고.

"엄마가 세탁소 땜에 화났대,
그여니까(그러니까) 조용히 해야 돼!"

- 2001.4.12.

: 세탁소 실수로 옷을 버려서 화난 엄마를 본 후 아빠에게 속삭임.

엄마 : "강아지가 화났나 봐!"

혜림 : **"강아지는 눈썹이 없어서 화 못 내!"**

(화낼 때 눈썹을 찌푸리는 것 때문인 듯)

혜림 : **"엄마, '영원히'가 뭐야?"**

엄마 : "음… '계속해서'야. 엄마가 혜림이 영원히 사랑해!"

혜림 : "나도 엄마 '영원히' 사랑해!"

"예수님도 파마했네?"

: '파마(퍼머넌트)'를 알고 난 후 예수님 그림을 보더니.

엄마 : "혜림아, 쇠고기국 먹어."

혜림 : **"쇠로 고기를 만들어?"**

엄마 : ??

엄마 : "아그, 이쁜 우리 강아지…!"

혜림 : **"난 토끼가 좋아. '우리 토끼'라고 해!"**

엄마 : "아그, 이쁜 우리 토끼…!"

2002 - 4세

"엄마 자꾸 그러믄 사탕 안 사 줄 거야!"   - 2002. 3.

: 혜림의 또 다른 협박.

"왜 저 동그라미 속 아저씨는 노래는
안 하고 율동만 해?"
- 2002.12.4.수.

: TV 수화 전달자를 보고.

2003 - 5세

"빨리 배 줘, 배 달라고…!"
- 2003년 모월 모일.

: 내가 '택배'가 왔다고 하자, 얼마 있다가 갑자기 울먹이며.
(알고 보니, '택배'를 먹는 배로 알았던 모양)

"외로우지 마! 우성이랑 나랑 있잖아…"
- 2003.4.19.토.

: 울 엄마가 산후조리 끝내 주시고 내려가신 후, '할머니 가서서
엄마는 외롭고 쓸쓸하다'란 내 말에 혜림의 응수.

"날파리는 귀가 없나 봐…"

- 2003.4.24.목.

: 욕실의 날파리에게 '저리 가!' 했는데도 안 갔다며.

"했드라요!"

- 2003.4.

: '~했드라!' 하길래 '엄마한테 했드라가 뭐니?' 하고 나무랐더니
고쳐서 한 말.

'-요'만 붙이면 존댓말이 되는 줄 아는 울 혜림이.

"놀아줄게요!"

- 2003.5.4.

: 혜림이에게 어버이날 엄마 아빠한테 뭘 해 줄 거냐고 물으니까.

(혜림이는 놀아주는 게 최고로 좋은가 보다.)

"그럼, 응아파리네?"

- 2003.5.8.

: 내가 똥파리라고 알려 주니까.

"이건 시 안 들었어요"

- 2003.5.10.토.

: 내가 철쭉꽃이 시들었다고 말하자, 안 시든 꽃을 가리키며.

"구름이 왜 이렇게
엉망이에요?"

- 2003.5.14.수. 교회 가는 길에.

: 아파트 복도에서 하늘을 쳐다보니, 먹구름이 군데군데 끼어 있었다. 그것을 보고 한 말.

"나는 그럼 미여야, 미여?"

- 2003.6.3.화.

: 우성이에게 '우리 미남!' 했더니.

(두음법칙을 아직 모르는 우리 혜림이….)

엄마 : 아빠가 오늘 학교에서 집까지 3시간이나 걸려서 오셨대.

혜림 : 아빠한테 편지 써야겠다….

엄마 : 뭐라고?

혜림 : **"고생 많았다고!"**

"하나은행은 한 개뿐이야?"

: 평촌 월마트 가는 길에 '하나은행' 간판을 보고는.

"아그, 우리 강아지…!"

: 혜림이가 강아지 인형한테 한 말.

(요즘 우리 혜림이가 내 말투를 많이 따라 한다.)

"엄만 쪼끔 최고야!"

- 2003.7.3.목.

: 오후 간식으로 닭고기와 수박을 줬더니, "엄마 최고야!" 한다. 그러더니 갑자기 '엄만 쪼끔 최고야' 그런다.

알고 보니 내가 잘라준 수박에서 씨가 나오자 한 말이다. 씨를 다 안 빼줬다고 엄마를 '최고'에서 '쪼끔 최고'로 강등시킨 우리 혜림이….

"짜파게티도 먹고 싶었는데, 이젠 배부르고 말았어…"

- 2003.7.

: '짜파게티'가 먹고 싶다고 해서 가게 갔다 오는 길에 아이스크림을 먹고 나서 한 말.

"나는, 음… 간식 시간이 젤 좋아!"

- 2003.7.25.

: 성경학교 때 말씀 시간, 찬양 시간, 만들기 시간 중에 어떤 시간이 젤 좋았냐고 물으니까.

(우리 혜림이, 항상 '간식'에 목숨 건다….)

"나, 무더위 봤어, 베란다에서"　　　　　　　- 2003.7.29.

: 햇볕이 쨍쨍 비치는 바깥 날씨를 보고.

"공주가 깨어나는 거야!"　　　　　　　　　- 2003.7.29.

: 아빠가 우성이더러 '우리 왕자, 깨어났어?' 하고 말하자 혜림의
응수.

(명작동화에 단단히 세뇌된 우리 혜림이….)

"난 토끼띠 할 거야"　　　　　　　　　　　- 2003.7.

: 호랑이띠인 혜림이는 동물 중에 토끼가 제일 예쁘다며 토끼띠
한단다. 띠를 뭐 자기가 고르는 건 줄 아나… 큭!

"오늘 정말 좋은 날이다!"

- 2003.8.15.금.

: 300원짜리 컵떡볶이, 400원짜리 아이스바, 390원짜리 음료수, 500원짜리 찰흙, 도합 1,590원에 입에 함박웃음을 띠며 혜림이가 한 말.

소박한 우리 혜림이, 엄마 마음이 짜안-해지려고 한다….

"꼭 애벌레 같다!"

- 2003.8.

: 동생 우성이의 굴곡 있는 통통한 팔을 보며.

"코딱지를 버리기 위해서지!"

- 2003.9.

: 아빠랑 퀴즈놀이할 때 아빠가 '휴지통은 왜 있는 거지?' 하니까 혜림의 대답.

(왜 하필 코딱지일까? 휴지도 있고 쓰레기도 있는디… 크크!)

"치킨이 되잖아!"

혜림 : (계란 후라이를 먹으며) 나는 병아리가 젤 좋아. 병아리
　　　가 커서 계란을 낳잖아.

엄마 : 너 지난번엔 토끼가 젤 좋다며?

혜림 : 이젠 병아리가 제일 귀여워. 그리고 닭도 좋아.

엄마 : 왜?

혜림 : 치킨이 되잖아!

엄마 : 푸하….

(우리 혜림이, 뭐든지 먹을 거 위주로 생각해서 큰일이당….)

"왜 사랑하냐면…"

엄마 : 혜림아, 엄마가 혜림이 사랑해!

혜림 : 알아….

엄마 : 혜림이도 엄마, 아빠 사랑하지?

혜림 : 응. 내가 엄마 왜 사랑하냐면, 밥해 주시니까. 그러고, 아
　　　빠는 아까 엄마가 잠잘 때 나한테 오레오오즈(시리얼의
　　　이름) 우유에다 타 줬잖아. 그래서 사랑해!

엄마 : ….

(역시 오늘도 혜림이의 결론은 '먹을 거'로부터 비롯되었음.)

"엄마랑 안 놀아!"
"아빠, 캬라멜 안 줘!"
"이제 엄마한테 편지 안 써!"   - 2003.12.29.월.

: 혜림이의 협박(?)들!

2004 - 6세

"음… 눈사람! 눈사람 먹었나 봐!"   - 2004.1.3.토.

: 혜림이 방학 숙제 중에 '코끼리를 삼킨 보아뱀'의 실루엣만 그려져 있고, 질문에 "뱀이 무엇을 삼켰을까요?"가 적혀 있었다. 이에 대한 혜림의 대답.

혜림이는 왜 하필 눈사람을 먹었다고 생각했을까?

어른과 아이는 역시 다르다.

"하여튼을 가져와?"

: '하여튼'이 무슨 의미인지 모르는 울 혜림이. 내가 '하여튼 가져와 봐' 하자, '하여튼이 뭔데?' 그런다… 에휴….

"주전자에 왜 노래막대기가 있어?"
- 2004.2.

: 일명 '삐삐 주전자' 뚜껑손잡이에 16분음표가 그려져 있었다. 그걸 보고 혜림이가 한 말. 내가 그건 '음표'라고 알려주었다.

받아쓰기 1 - "난 천재?"
- 2004.2.

아빠 : 그가 찔림은…

혜림 : 그건 어려울 것 같애…

아빠 : 아냐, 혜림인 천재니까 쓸 수 있어.

혜림 : 그래? 알았어….

: 아이들은 가끔 부모의 기대만큼 성취하곤 한다.

받아쓰기 2 – "아홉 점이야!"

아빠 : 우리 혜림이 몇 개 틀렸나?

혜림 : **한 개 틀렸어. 아홉 점이야!**

: 아직 기수와 서수의 구별을 못하는 혜림이… 9점을 아홉 점이래… 푸하….

"너, 내 '소중한 몸' 만졌어!"   – 2004.2.24.화.

: 동생 우성이(생후 11개월)가 모르고 혜림이의 국부에 손을 댔나 보다. 혜림이 맘속에 각인된 '소중한 몸', 이만하면 성교육 효과 봤제!

"피부병이…"   – 2004.5.4.화.

: 침대에서 빵을 먹고 있는 혜림에게, '침대에서 뭐 먹는 거 아냐. 아픈 사람이나 침대에서 음식 먹는 거야!' 그랬더니 혜림 왈, "나도 아퍼… 얼굴에 피부병 났잖아!" 그런다. 에효… 못 말려….

"엄마, 아빠 말씀 잘 들을게요"

- 2004.5.

: 올해 어버이날에 뭐 해줄 거냐니까.

(작년의 '놀아줄게요'보다 좀 업그레이드(?)됐다.)

"무서워서 짖는 거야!"

- 2004.5.

: 시골에서 어느 집 앞을 지나는데 개 짖는 소리가 났다.

엄마 : 에구, 무섭다….

혜림 : 아냐, 개가 우리 때문에 무서워서 짖는 거야.

엄마 : 왜?

혜림 : 사람들이 잡아가잖아!

(때로 아이들의 시선이 예리할 때가 많다.)

"오빠가 있고 싶은데…"

- 2004.6.26.토.

엄마 : 아이고, 피곤한데 엄만 할 일이 많다. 다림질도 해야 되

고, 빨래도 해야 되고, 너네 목욕도 시켜야 되고….

혜림 : 그러니까, 내가 먼저 태어났으면 엄마 힘들게 안 하는 건

데….

엄마 : 그럼, 네가 엄마 하고, 나는 딸 하고??

혜림 : 응, 그리고 나는 <u>오빠가 있고 싶은데</u>, 내가 먼저 태어나고

우성이가 태어나고 말았어….

('오빠가 있었으면 좋았을 텐데'를 '오빠가 있고 싶은데'로 표현
한 울 혜림이, 이거 뭐가 잘못됐다고 설명해 줘야 하나. 문장 성분
이니, 품사니 얘기해 줄 수도 없고….)

"그럼, 안빠 해 줘!"   - 2004.8.

: 동생 우성이한테 엄마가 '업빠('어부바'의 준말. 업어 달라 혹은
업어 주겠다는 뜻의 유아어)' 하는 소릴 듣고는 혜림이도 엄마한
테 '업빠 해 줘' 한다. 너는 커서 안 된다고 하니까, 안아달란 뜻으
로 신조어를 내뱉는다. 혜림이표 신조어, '안빠!'

"남편은 아직 준비(?)가 안 돼서요…"

- 2004.8.

: 혜림이가 혼자서 역할 놀이를 하던 중 '누구랑 결혼할 건데요?'
라고 묻더니 내놓은 대답.

내참, 남편이 무슨 결혼 재료냐, '준비'하게…. (하긴 노처녀들이
종종 하는 말 중에 '다 있는데 사소한 거(신랑감) 하나가 없어서 결
혼을 못 한다'고 하곤 하지…^^)

- 2004.9.13.월.

혜림 : "우리 흰둥이, 아그, 우리 강아지…!"
우성 : 으응?

: 동생하고 놀아주랬더니 지 동생을 무슨 강아지 취급한다. 그
러게 우리 혜림이가 〈짱구는 못말려〉를 너무 많이 본 게야…. ('흰
둥이'는 신짱구네 강아지 이름)

2005 - 7세

- 2005.3.

혜림 : **"엄마, 백만 원은 백 원하고 만 원이지?"**

엄마 : 에궁… 백만 원은 만 원짜리가 백 개 있는 걸 말하는 거

야. 되게 많은 돈이야!

: 아직 숫자 개념이 흐린 우리 혜림이는 1학년.

"안전 플러스 제일이 뭐야?" - 2005.3.9.수.

: '안전제일' 문구 중에서 가운데 십자(+) 표시를 보고.

"풀들이 다 기절했나 봐!" - 2005.7.

: 미사리 조정 경기장 잔디밭에 돗자리를 깔고 누워 쉬다가 돗자

리를 걷었더니 잔디를 비롯한 풀들이 다 누워 있었다.

엄마 : 야, 돗자리 깔았던 자리만 표시가 난다. 풀들 좀 봐!

혜림 : 다 기절했나 봐….

엄마 : 푸하….

"엄마, 이건 파인애플이
100개 들어 있는 거야?"
- 2005.9.3.토.

: '파인애플 100%' 주스 병을 보고.

"남자들은 쉬할 때 힘들겠다…"
- 2005.9.28.수.

: 우성(남동생, 3세)이가 서서 쉬통에 쉬하는 모습을 보더니 혜림 왈, "남자들은 힘들겠다. 서서 쉬하니까. 여자들은 편하게 앉아서 쉬하잖아…."

"지구가 둥글기 때문이지!"
- 2005.10.1.토.

: 의왕 롯데마트에 킥보드를 타고 가는 길에 오르막길이 나왔다.
혜림 : 엄마, 왜 오르막길과 내리막길이 있는지 알아?

엄마 : 글쎄….

혜림 : 지구가 '둥글'기 때문이지!

엄마 : ??

2006 - 8세

"생일이 너무 아까워…"
- 2006.2.25.토.

: 내가 다른 아이들의 생일을 챙기려 하자, 이미 생일이 지난 혜림이가 시무룩해 가지고선 한 말.

이미 지나가 버린 생일로 되돌아갈 수도 없고….

"유니폼이 누구야?"
- 2006.7.27.목.

: '유니폼'이 뭔지 모르고 내게 묻는 말.

"너무 그냥 사는 거 같아서…"

- 2006.9.9.토.

: 시간표를 그리고 있는 혜림에게,

"방학도 아닌데 시간표는 왜 짜니?" 했더니 혜림 왈,

"으응… 너무 그냥 사는 거 같아서…." 한다.

그래, 우리 8살 혜림이도 인생을 의미 있게, 가치 있게 보내고
싶은 열망이 있는 게야! 흐뭇하고 웃기다….

"꿈 좀 꾸자, 꿈 좀…!"

- 2006.9.12.화.

: 아침 7시 반, 일어나라고 깨우자, 혜림이가 소리친 말.

푸하, 기가 맥혀…!

2007 - 9세

"엄마, 이거 스티커를 옮겨 붙일까 그냥?"

- 2007.1.

: 혜림에게 정육면체 퍼즐을 사 주었다. 설명서도 어렵고, 하
다가 안 되니 그냥 스티커를 옮겨 붙여서 색깔들을 맞추고 싶다

나…? 크크! (한편 기발한지고…)

"우성인 엄마도둑 같아요…"

: 초등 3학년이 될 혜림이지만 동생에 대한 질투심은 여전한 모양. 동생더러 '엄마도둑'이라니… 표현은 좋다!

"이거? 무지개 체조!"

- 2007.4.24.화.

: 혜림이가 침대에 누운 채로 양 다리를 휘두르며 몸을 풀고 있었다.

뭐하는 거냐고 물었더니 '무지개 체조'란다. 양 다리를 이용해 무지개 모양을 그리며 체조한다나?

혜림아, 내가 다시 이름 붙여 볼까? '180도 각도기 체조'! 히…!

2008 - 10세

놀고 있네!

우성이가 인형들을 이불로 덮어주고 있다.

엄마 : 왜 인형들한테 이불을 덮어 주는 거야?

우성 : 으응, 얘네들이 졸립대. 피글렛, 푸, 핑키(인형들 이름)야,
　　　잘 자…!

이때, 옆에서 듣고 있던 혜림의 분위기 확 깨는 한마디,
"놀…고 있네!"

(아아, 우리 혜림이가 벌써 동심을 졸업했더란 말인가…. ㅜㅜ)

2009 - 11세

애들이 하면 다 장난인 줄 알아?

동생 우성이가 혜림이의 물건을 잘못 만졌나 보다. 놀랍게도 혜
림이는 우성이에게 각서를 쓰게 하고 지장까지 찍게 했으니, 그

내용인즉슨,

"앞으로 다시는 누나 것을 만지지 않겠습니다."

그 밑에는 파란색 지장도 찍혀 있었다.

빨간색도 아니고, 파란색 지장이 찍힌 그 각서를 보자니 너무 웃음이 나와서 나는 막 웃어대면서 남편에게 각서를 보여주며 즐거워했다. 남편은 남편대로 우성이가 받아쓰기도 잘한다며 웃었다.

나는 혜림에게 "야, 이거 디카로 찍어둬야겠다. 너무 웃긴다." 그랬다.

그러자 혜림이는 잔뜩 찌푸린 표정으로 한 문장을 이렇게 날리는 것이다.

"엄마는,… 애들이 하는 건 다 장난인 줄 알아?"

오오오, 이 의미심장한 한 문장이여….

혜림이는 나름대로 심각한 상황이었던 것이다.

(그 후에 나는 몰래 그 각서를 디카로 찍어 두었다. 크크크!)

초딩의 처세   - 2009.5.

본의 아니게, 혜림이가 우성이에게 조곤조곤 설명하는 내용을
엿듣게 되었다.

혜림 : 우성아, 너, 만약에 100점 맞잖아? 그러면 애들한테 큰
      소리로 얘기하면 안 돼. 그냥 애들이 물어보면 조그맣게
      '100점이야'라고 얘기해야 돼. 그리고 잘난 척하면 절대
      안 돼!
우성 : 그래? 알았어….

(얼마 전에 혜림이가 시험성적에서 반 1등이 된 적이 있었다. 나는 혹시나 혜림이가 애들한테 왕따 같은 거 당했나 싶어 나중에 물어보니, 그런 적은 없고, 언젠가 다른 애가 핀잔 듣는 모습을 보고 스스로 터득했다나?

에효, 씁쓸하다. 초딩들도 나름의 처세를 익혀가고 있으니… 100점 맞고도 해맑게 좋아할 수도 없는 인생살이임을 십대 초반부터 느끼고 있는 것이다…. ㅜㅜ)

혜림의 용돈 이야기 {#}

- 2009.10.

혜림이는 초등학교 2학년부터 한 달치 용돈을 받기 시작했는데, 당시에도 5,000원이었고, 5학년인 지금도 여전히 한 달 용돈이 5,000원이다.

기특한 것은 혜림이가 용돈이 적다고 불평한 적이 없다는 것이며, 오히려 그 돈도 아껴가며 저축할 돈을 남긴다는 것이다.

나는 어른들이 우리 애들에게 용돈을 주시면 엄마은행(?)에 바로 입금토록 지시했고, 나름대로 원칙을 정해서 혜림이에게 되돌려준다. 그 원칙이란, 평소엔 받은 돈의 20%, 명절엔 받은 돈의 30%를 혜림에게 주기로 한 것이다. 따라서 혜림이가 누군가에게 만원을 받으면 평소엔 2,000원, 명절엔 3,000원만이 혜림이 차지가 된다. 때때로 혜림이는 어른들에게서 받은 돈을 입이 댓자나 나온 채 마지못해 내게 넘겨주지만, 이 원칙대로 지켜가고 있다.

혜림이는 용돈 외에 기타수입(?)도 있다. 100점 맞으면 아빠가 1,000원씩 주는 것과, 집안에서 아르바이트(?)를 해서 받는 돈을 말한다. 빨래 개기기나 설거지, 청소, 타이핑, 심부름 등을 하면 300원 내지 500원을 엄마나 아빠에게서 받는다. 소액의 돈이지만 우리 혜림이는 얼마나 즐겁게 받는지… 감사한 일이다. 우리 혜림이가 작은 것에 감사할 줄 안다는 점이!

며칠 전에는 혜림이가 마트에 갔다가 거금 3,000원을 주고 동생 우성이의 장난감 자동차를 사왔다. 평소에 우성이가 갖고 싶어했던 '원격 조종' 자동차였다. 우리 가족은 짠순이(?) 혜림이가 동생에게 베푼 선물에 놀라고 말았다.

기특한 혜림이가 중학생이 되면 용돈도 올려주고, 엄마은행의 출금원칙(?)도 수정해야겠지… 하하!

(우성이는 여러 가지 면에서 빨리 초등학교 2학년이 되었으면 하고 바란다. 혜림이가 초등학교 2학년부터 용돈을 받았고, 그 무렵부터 인터넷 사이트에 회원가입을 했기 때문이다. 우성이에게는 현재 용돈도 안 주고, 인터넷 사이트에 회원가입도 못하게 한다. 우성이는 자기도 원하는 사이트에 로그인하고 싶다고 아우성이다. 한편, 어른들이 우성이에게 주는 용돈은? 당연히 엄마은행

에 고스란히 입금된다. 물론 출금이란 한 푼도 없다! 큭!)

◀ 혜림이가 거금 3,000원을 주고 산 선물

조우성 어록

2005(3세)~2016(14세)

2005 - 3세

"맴매⋯ 뽀뽀⋯!"

- 2005.10.

: 영화 〈비천무(무협멜로)〉를 보면서 칼싸움 장면에서는 '맴매!',
키스 장면에서는 '뽀뽀!'란다.

우리 우성이 식으로 말해 보자면, 요즘 영화엔 '맴매(폭력 장면)'
와 '뽀뽀(선정적 장면)'가 너무 난무해서 큰일이다⋯.

요즘 말하는 단어들

- 2005.10월말.

: **엄마, 아빠**(10/23일부터 부름, 누나는 아직도 '엄마'로 부름), **까
꿍, 위**(쉬), **히야** 또는 **이야**(응아), **까아**(까까), **아이**(아이스크림),
오오(호⋯ 해달라는 소리 또는 코 닦아 달라는 소리), **빼**(블럭 등
빼달라고), **암멘**(아멘), **꼭꼭** 혹은 **꼭꼬야**(술래잡기 할 때), **바이,**

빠바(빠빵), **부우**(부웅), **물, 바**(밥), **아떼**(안 돼), **안아**(안아달라)

새롭게 말하는 단어
- 2005.11월초.

: **아다띠**(아저씨)

2006 - 4세

- 2006.2. 현재.

누나, 안아줘, 많이, 가꺼야(내 꺼야), **미어**(미워), **바뽀**(바보),
이어(싫어), **도야지**(도화지)

'떡' 시리즈
- 2006.7.

: (우성에게) "너네 아빠 이름은?" - "조**떡**연 모싸님!" (조석연 목
사님)

"너네 엄마 이름은?" - "기이씨 싸모임!" (김은실 사모님)

"누나 이름은?" - "조혜임!" (조혜림)

"너 이름은?" - "조우**떵**!" (조우성)

"새싹반 선생님 이름은?" - "안옥 서애님!" (안옥 선생님)

"원장 선생님 이름은?" - "이**떵** 지싸임!" (이성 집사님)

요새 자주 하는 말
- 2006.7.

: **할뚜이뗘**(할 수 있어), **시어**(싫어), **바보, 아야야애요**(안녕하세
요), **하임마**(하지 마), **사양해**(사랑해), **다여여이다**(다녀오겠습니
다), **웅까**(응아, 대변)

"다당다당 우이 엄마…"
- 2006.7.27.목.

: 우성이가 엄마 토닥이는 소리. 통역하면, '자장자장 우리 엄마'

'ㅅ, ㅈ'을 무조건 'ㄷ'으로 발음하는 우리 우성이.

예를 들면 '검정색'은 '검덩땍'이다.

"우뗭이!"

: '조우성'이라 적힌 명찰을 우성이는 '우뗭이'라 읽고 있다.

내가 '아냐, 조-우-성이라고 읽어야지' 하니까, '아냐, 우-뗭-이야'
한다. 에고….

"예의에 좋대…?!"

: 우성이가 트림을 장난삼아 크게 하곤 한다.

오늘도 그러기에 '우성아, 트림은 예의가 아냐. 하면 안 돼' 했더
니, 우성 왈,

"아냐, 예의에 좋아!"

간신히 ㅅ, ㅈ 발음을 좀 하는가 싶더니 이제는 드디어 이상한
말들을 내뱉기 시작한다. 예의에 좋아?? 예의에 좋은 음식은 무얼
까, 예의에 좋은 옷은 무얼까… 크크!

하긴, 예의라는 단어를 사용한 내가 잘못이지….

"윤사람 선생님!"

- 2006.12.

: 윤사라 선생님을 자꾸 잘못 발음한다. 큭!

"세 번요!"

- 2006.12.

엄마 : (혼내느라) "내가 몇 번이나 말했니? 엉?"

우성 : (입이 댓자나 나온 채로) "세 번요…."

엄마 : "…." (횟수를 물은 게 아닌디… 혼내긴 글렀고만… 하하!)

2007 - 5세

"안녕히 가!"

- 2007.1.

: 김예지 누나(고2)가 교회에서 오르간 연습을 마치고 갈 때, 우성이의 인사.

(우성아, 다음엔 아예 짧게 '잘 가'라고 하렴. 어설프게 짧으니

문장호응이 안 되잖니… 네가 문장호응을 알기까지 몇 밥그릇을
더 먹어야 할지… ㅜㅜ)

"스물여덟, 스물아홉, 스물열!"   - 2007.1.20.토.

: 다섯 살 우성이의 숫자 세는 법.

"엄마 맘속에서 시계소리가 나"   - 2007.2.18.주일.

: '엄마 심장소리 들려?' 그랬더니, 이런 황당하면서 심오한 대답
이….

"나, 안 때렸어!"   - 2007.2.20.화.

: 내가 대화 중에 '우성이 너, 누나한테 배신을 때리고 혼자 세배
했지?' 했더니만….

에효… 애들 앞에선 비속어도 못 써먹어요….

우성이는 '귀차니스트'?

- 2007.4.24.화.

: 작년에 입던 봄옷을 꺼내 입혔더니 소매가 짧다.

"엉? 소매가 짧다. 우성이 이제 못 입겠다." 그랬더니 우성 왈,

"괜탄아(괜찮아). 손 씻을 때 안 걷어도 되니깐 도아(좋아)!"

손 씻을 때 소매 걷는 게 귀찮았었나 보네. 으이그… 누가 엄마 아들 아니랄까 봐, 귀찮은 거 싫어하는 날 꼭 닮은 것 같다.

(참고 : '귀차니즘'은 신조어로, 귀찮은 것을 끔찍이 싫어하는 성향을 일컫는 말. '귀차니스트'는 귀차니즘에 절은 사람?)

"엄마손파이는 엄마가 만든 거야?"

- 2007.5.

: '엄마손파이'를 먹으며 우성 왈.

혜림 어록에 비슷한 게 있다. 혜림 왈, "엄마, 하나은행은 하나뿐이야?"

오호… 닮은꼴 남매로고….

"송아지 맛이라서?"

- 2007.7.3.화.

: 금강산 관광을 할 기회가 있었다. 기념품 매장에서 북한 캐러 멜 '우유 사탕'을 사왔는데, 겉봉투에는 우유가 들어있다는 표시로 젖소 그림이 그려져 있었다.

엄마 : (캐러멜을 먹으며) "으아… 너무 달다!"

우성 : (캐러멜 봉투를 보며) "송아지 맛이라서?"

엄마 : 송아지 맛??

"젖소한테 물어봤어?"

- 2007.7.10.화.

: 우유는 젖소한테서 나온다고 알려주었더니 대뜸 우성이가 묻 는다.

우성 : "젖소한테 물어봤어?"

엄마 : "뭘?"

우성 : "우유 가져가도 되냐고…."

엄마 : "으웅? 어… 그게… ㅜㅜ 그러게… 이다음엔 물어봐야겠 네…."

(젖소에게도 예의바르게 행동해야 한다는 우성님의 교훈…! 이

제부터 목장주들은 젖소에게 거래문서를 건네야 하나? 사료 얼마
당 우유 몇 리터 등등? ^^)

"커튼이 뚱뚱해졌어!" — 2007.7.

: 창문을 통해 들어오는 바람 때문에 부풀어 있는 커튼을 보고.

"오징어, 엄마가 잡아왔어?" — 2007.7.

: 오징어 구운 걸 먹으라니까 대뜸 묻는 말.

에효… 종종 이렇게 음식의 출처를 묻곤 한다. 그럼 나는 "응, 회
사에서 만들었지." 내지는 "시장에서 사 왔지." 하고 대답한다.

우성이의 처방 1 — 2007.9.

누군가 아프다고 내가 말하니까 대뜸 이런다.

우성 : 세균이 마음속에 들어가서 그런 거야!

엄마 : 그럼 어떻게 해야 하지?

우성 : 물 마시면 돼!

엄마 : 푸하! (그렇게 간단한 것을…!^^)

- 2007.10.9.화.

옷 갈아입느라 웃통을 벗은 우성, 배를 두드리면서 한마디 한다.

"이 뱃살, 어떻게 빼지?"

다 내 잘못이다…. ㅜㅜ 우성이 앞에선 말조심해야지…. 이런 말까지 따라할 줄이야…!

우성이의 처방 2   - 2007.11.

몸의 세균을 어떻게 몰아낼 것인지에 대해 우성이가 또 처방을 내놓았다. 그 내용인즉슨,

"마이크에 대고 크게 얘기하는 거야. 그러면 세균들이 시끄러워서 막 도망가 가지고 발톱 끝에 모여. 그러면 돼!"

푸하하… 세균들이 발톱에 모이면 발톱을 깎아내 버리면 된다는 우성님의 처방!

소품으로 마이크 필수! ^^

우성이의 처방 3   - 2007.11.

우성이의 세균퇴치법이 나날이 추가되고 있다.

어느 날 나는 배가 좀 아파서 우성이에게 '약손' 좀 해 달라고 했다. 그랬더니 내 배를 문지르며 우성 왈,

"엄마, 이렇게 빨리 (손을) 돌리면 세균들이 어지러워서 도망가지요?"

푸하… 세균들이 어지러워서 도망간다는 우성이의 해석!

어느 새 내 배는 씻은 듯이 나은 것 같았다. 우성아, 너는 엄마의 '웃음치료사'로구나!

2008 - 6세

망원경과 망안경(?)
- 2008.2.14.목.

색종이를 돌돌 말아 망원경처럼 쳐다보는 우성이.

엄마 : 그거 뭐야?

우성 : 만안경!

엄마 : 망원경이라고 해야지!

우성 : 망안경?

엄마 : 아니, 망원경.

우성 : 아아, 망원경은 한 개짜리고, 구멍이 두 개면 망안경이구 나?!

엄마 : ???!!! 에고… 그래도 영어는 배웠다고…!

(우성이의 해석 : 망원경 → 망이 1개(one)! ^^)

아이뜨크림의 뜨!
- 2008.2.21.목.

우성 : (세계지도를 보며) 누나, '그리뜨' 찾아봐!

누나 : '그리스'지.

우성 : 그리뜨! 아이뜨크림 할 때 뜨!

누나 : 에효…! %&#$@

(큰일이다. 우성이가 여섯 살인데도 발음이 영… %&#$@)

엄마, 나 죽을 거 같아!   - 2008.3.

아침에 우성이가 일어나더니 마구 울면서 말한다.

우성 : 엉엉… 엄마, 나 죽을 거 같아!

엄마 : 왜?

우성 : 엉엉… 코가 막혔어! 엉엉엉….

그래, 코로 숨이 안 쉬어지니 딴에는 얼마나 답답할까마는 코 막
힌 거 가지고 호들갑은… 에효…!

우리 하나님도 날 보실 때 이런 심정이실 게다. "야 임마, 그깐
거 가지고 그렇게 힘들어하냐? 에효… 쯧쯧쯧…!"

맨날 이러실 게다….

변심의 이유

우성이에게 누구랑 결혼하고 싶냐고 물어봤다.

엄마 : 우성이는 이다음에 누구랑 결혼하고 싶어?

우성 : 채원이, 김채원! 채원이는 귀엽고, 옷도 다 예뻐.

엄마 : 왜? 지난번엔 박하은이 제일 예쁘다며?

우성 : 으웅, 근데 하은이가 나더러 멍청이래….

(푸하하… '멍청이'란 한마디에 우성의 변심이 이루어져 버렸다…!)

우성이의 기도

- 2008.4.27.주일.

주일 저녁에 내가 허리가 좀 아파서 침대에 누우면서 말했다.

엄마 : 아이고, 허리야! 우성아, 베개 좀 한 개 꺼내주라. 허리 밑
　　　에 받치게.

우성 : 엄마, 기도해야겠어요.

엄마 : 그래? 그럼 우성이가 기도해 줄래?

우성 : 네.

(그러더니 무릎을 방바닥에 대고, 침대에 팔꿈치를 괴고 기도를

한다.)

우성 : 하나님, 좋은 음식을 주서서 감사합니다. 그리고 우리 엄
마가 허리가 아픕니다. 안 아프게 해 주세요. 예수님 이
름으로 기도드리… 드렸… 드리겠습니다. 아멘!

(주로 식기도만 해서였는지, 우선은 '좋은 음식'에 대해 기도를
해야만 하는가 보다… 하하! 그리고 '기도드립니다'가 생각이 안
나는지 버벅대길래 나중에 '기도드립니다'라고 하도록 알려주었
다. ^^ 암튼 오늘도 우성이 덕분에 허리가 다 나은 듯함!)

우성이의 믿음 - 2008.4.29.화.

아침에 1층 어린이집에 보낼 때 나는 4층 계단에서 우성이가 내
려가는 걸 바라보다가 바깥 창문을 열고 어린이집 출입문에 잘 들
어가는지 확인해 보곤 한다.

그런데 오늘도 계단을 내려가면서 우성이가 그런다.

우성 : 엄마, 이젠 나 쳐다보지 말랬잖아요.

엄마 : 안 돼! 나쁜 사람이 우성이 잡아가면 어떡해….

우성 : 하나님이 지켜주시잖아요. 그러니까 나 안 쳐다봐도 돼요.

(우와, 불과 한두 달 전만 해도 4층 창문에서 고개를 내밀고 보는 나를 향해 손을 흔들어 주던 우성이었는데, 이제는 쳐다보지 말라고 종종 말한다. 우성이의 믿음이 여물어 가는 것일까?)

우성이의 영어 실력(?)　　　　　　　　 - 2008.4.30.수.

엄마 : 우성아, "What's your name?" 하면, 뭐라고 대답해야 해?
우성 : '네!'라고 해야지!
엄마 : #$%@^&…

(대답은 대부분 '네'라고 '존경어'를 아주 잘 배운 우리 우성이… 그러나 영어 만리장성을 갈 일은 걱정이구나…. 빨리 언어번역기가 나와서 우리 우성이 손목에 채워져야 할 텐데…. ㅜㅜ)

나, 안 울었어!　　　　　　　　　　 - 2008.5.22.목.

멀리 심방 갔다가 저녁에 좀 늦게 들어오니, 우성이가 달려 나와 내 품에 얼굴을 묻으며 눈물을 닦는다.
나중에 소파에서 우성이를 안아주며 말했다.

엄마 : 우성아, 울면 바보라고 했잖아. 아까처럼 울면 안 돼. 알
　　　았지?

우성 : 아냐. 나 안 울었어.

엄마 : 아까 엄마 옷에 눈물 닦았잖아.

우성 : 그러니까… 안 울었어. 눈물만 흐른 거야!

엄마 : 그래? 안 울고, 눈물만 저 혼자 흐른 거야???

우성 : (당당하게) 그럼! 나 안 울었어!!

(전에 누군가가, '때린 건 아니고 한 대 쳤을 뿐입니다'라고 변명
했다더니, 우성이가 그 짝이다. 하여튼 우리 우성이, 울었단 소린
되게 듣기 싫은가 보다. 큭!)

책상 위에 엎드리다 　　　　　　　　　　- 2008.6.28.토.

교회 주방에서 일을 하고 있는데, 기다리다 지친 우성이가 졸립
단다. 그래서 새가족실 책상 위에 엎드려 자라고 했다.

얼마 뒤에 서영 집사님이 웃으시면서, 와서 우성이 좀 보라신다.

새가족실에 가 보니… 우성이가 글쎄 탁자 위에 올라가서는 엎
드리고 누워 있는 것이다… ㅜㅜ

나는 의자에 앉은 채로 탁자에 엎드려 자라는 말이었는데… 하하!

한국말, 이래서 어렵다….

(2021 추신 : 현재는 '서영 장로님'이시다. ^^)

제일 두껍네?   - 2008.6.28.토.

혜림이가 친구들과 수영장에서 찍은 사진을 보여줬다.
다섯 명이서 찍은 사진이었는데, 우성이가 보더니 왈,
"이 누나가 제일 두껍네?!"

(야, 임마, 사람은 두꺼운 게 아니고, 뚱뚱하다고 해야지…. ㅜㅜ)

'아래 아' 유감   - 2008.7.16.수.

우성 : 엄마, 나 못밤 먹고 싶어요, 못밤!
엄마 : 못밤???… 아… 맛밤?
우성 : 으응… 맛밤!

(아마도 아래 아로 표기된 밤 가공식품 '맛밤'을 '못밤'으로 읽은 것 같다. 크크!)

양송이 덮?

밥을 간단히 먹으려고 '3분 요리 양송이덮밥'을 데워 주었다. 그랬더니 밥 위에 얹어진 덮밥 소스를 보며 우성 왈,

우성 : 엄마, 이건 '양송이 덮'이에요??

엄마 : 이잉?? #$%^@&*^…

주식이 어디에?

뉴스를 보던 중 '주식이 떨어졌습니다'라는 내용이 보도되고 있었다. 그러자 우성 왈,

우성 : 엄마! 주식이 어디로 떨어진 거예요?

엄마 : 어디로?? 크크!

(물건이 어딘가에 떨어지는 것처럼, 주식이 어디 논바닥이나 땅바닥에 떨어진 줄로 이해했나 보다. ^^)

2009 - 7세

장후년? - 2009.3.

대화 중에 우성이가 말한다.

우성 : 엄마, 제가요, 음… 장… '장후년'에요….

엄마 : 뭐? 장후년? 음… 혹시 '재작년' 말하는 거야?

우성 : 네, 네, 네, 그런가 봐요…. 히힛…!

(내년, 내후년 하듯이, 작년[장년], 장후년 그러는 줄 알았나 보
다… 큭!)

최고 형님이라고요! - 2009.3.22.주일.

불과 한 달 전만 하더라도 우성이 소변보는 모습을 아무런 제지
(?) 없이 바라볼 수 있었는데….

〈한 달 전쯤 대화〉

엄마 : 우성아, 넌 왜 엄마가 니 꼬추 보는데 아무 말도 안 해? 괜
　　 찮아?

우성 : 네!

엄마 : 그럼, 너 몇 살 때까지 엄마가 꼬추 봐도 돼? 한… 열 살?

우성 : 네,… 아니, 모르겠어요.

(이때까지만 해도 엄마가 알아서 하라는 듯 아무렇지도 않게 말하던 우성이가…)

〈오늘의 대화〉

우성이가 소변을 보고 있었다. 여느 때와 마찬가지로 나는 아무렇지도 않게 욕실에 들어서는데…

우성 : 엄마, 보지 마세요!

엄마 : 왜? 엄마가 봐도 괜찮다며?

우성 : 이제 안 돼요! 나도 이제 최고 형님이란 말예요!

(아하! 우성이가 3월부터 어린이집 6, 7세 반의 최고 형님들(?)로 등극하더니 나타난 현상이었던 것이다… 하하!)

우성이의 득도(?)

- 2009.4.19.주일.

우성이가 나한테 다가와 자못 진지한 표정으로 말한다.

우성 : 엄마! 하나님은 참 좋으신 것 같아요. 어떻게 우리 사람을 만드셨을까요? 마술사들은 다른 건 만들어도 사람은 못 만들잖아요!!

엄마 : 그러엄! 하나님밖에 할 수 없는 일이지. 하나님은 참 대단하신 분이지?

우성 : 네, 정말이에요!

(하나님은 위대하고 강하신, 유일하신 창조주이심을 우리 꼬마가 고 작은 머리로 깨달았다는 게 신기하고 감사하다! ^^)

7세 박사 탄생!?

- 2009.6.

우성 : 엄마, 나는 다섯 가지 박사예요!

엄마 : 정말? 뭐 뭐?

우성 : 음… 공룡박사, 한글박사, 한자박사, 수학박사, 곤충박사!!!

(그러더니 며칠 후 우성 왈, "엄마, 나, 이제 세 개 박사예요. 한글, 수학은 누나가 뭐라고 해서 뺄 거예요…" 그런다. 하하!)

(지 맘대로 학위를 줬다 뺐다… 내 참… 암튼 우리 딸은 천재로,

우리 아들은 박사로 임명(?)하고, 그렇게 불러주기로 우리 가족 4
자 간 합의했다! 우리는 '학력제조' 가족!! 큭!)

아토피야?

우성이의 사촌 형 우석이가 우리 집에 왔다. 우석이는 양 볼에
여드름이 성행(?) 중이었는데,

우성 : 형, 형은 왜 볼에 아토피가 났어?

우석 : 어? 어… @#%$#…

우성이의 교통 해법

한가위 귀경길 차량이 막힌다는 뉴스를 듣고,

우성 : 엄마, 왜 차가 막히는 거예요?

엄마 : 차가 많이 몰리니까 그렇지!

우성 : 그럼, 맨 앞차가 빨리 가면 되는 거 아니에요??

(너무도 간단한 이 해법이 왜 안 이뤄지는 건지…. ㅜㅜ)

우성이의, 빵 터지는 신조어 - 한틀 — 2009.10.24.토.

웃음이 빵 터지는 신조어 내지는 '사이비 단어(?)' 또한 영유아에게서 많이 발견된다. 우성이는 유아에서 아동으로의 과도기를 지나는 것 같은데, 가끔 신조어가 빵 터져 나온다. ^^

우성 : 엄마! '이틀'은 첫째 날부터 둘째 날까지 말하는 거죠?

엄마 : 응.

우성 : 그럼, 첫째 날 하루는 '한틀'이겠네요?

엄마 : 응? #$%^&@…

2010 - 8세

입이 크니까 다행이지 원… — 2010.7.2.금.

우성이가 부상(?)을 입었다…. ㅜㅜ 방과후교실에서 놀다가 문틀 모서리에 입을 부딪쳐서는 입술이 터져서 부풀어 오르고, 잇몸에서 피가 났었단다. 저녁 식사를 하자니 부어오른 입술 때문에 간신히 음식을 입에 넣는 와중에 우성 왈, "에효… 입이 크니까 다행이지 원!…"

밥 먹다가 뿜을 뻔했다는… 크크!

그래, 항상 '다행'인 점을 찾는 긍정적인 사고방식, 좋아 좋아! ^^

◀ 저녁 식사 때(입술이 부풀어 있다).

이 자슥이 이젠… (1)

- 2010.10.28.목.

우성이의 누나가 여행 중에 집에 전화를 해왔습니다.

우성 : 엄마, 누나가 왜 전화한 거예요?

엄마 : 응, 안부 전화한 거지!

우성 : (따지듯이) 안부? 엄만 내가 '안부'가 뭔지 알 것 같아요?

엄마 : 응? 으응… 안부는 평안한지 아닌지 묻거나 알려주는 거
야. 편안 안, 아닐 부, 한자말이야.

우성 : (무덤덤하게) 알겠어요….

(우성이가 초등학생이 되더니 슬슬 까칠해집니다. 질문도 귀엽

게가 아니고 반항적으로다가… 쩝… 이 자슥이 이젠 점점 품안에서 멀어지고 있는 건가요…? ㅜㅜ)

이 자슥이 이젠… (2)
- 2010.11.13.토.

___

우성이가 이젠 유아가 아닌 유년입니다. 요거 하나만 봐도 그렇습니다.

엄마 : (안아주며) 우성아, '엄마 사랑해요' 말해 봐.

우성 : ….

엄마 : 이젠 그런 말 안 할 거야?

우성 : ….

엄마 : 알았어. 그래도 다 알아. 우성이, 엄마 많이 사랑하지?

우성 : 알면서 뭘 그래….

엄마 : #$%^&*@…쩝…. ㅜㅜ

("엄마, 사랑해요"가 "알면서 뭘 그래"로 바뀌었습니다…. ㅠㅠ)

2011 - 9세

십년감수했네! - 2011.1.

우성이가 축구 한일전을 보다가 일본 선수가 골을 넣을 뻔하니까 대뜸,

"아휴, 십년감수했네!" 그럽니다.

아홉 살밖에 안 된 녀석이 그러니 웃음이 납니다.

얌마, 만약 너 지금 나이에서 십년 뺐다고 치면 '마이너스 한 살'이야… 큭!

사랑이 싹텄을 때 VS 꽃피었을 때 - 2011.3.

엄마 : (침대에 누워서 우성이를 꼬옥 안아주며) 우성아, 엄마가 막 결혼했을 때 이렇게 너네 아빠를 꼬옥 껴안고 자려고 하면 아빠가 뭐랬는지 아니? '아이고, 내가 왜 결혼을 했던고…' 그랬다. 그러더니 지금은 익숙해져 가지고 내가 꼬옥 껴안아도 코골고 잘도 주무신다!

우성 : 그건 말이야… 처음에는 엄마, 아빠 사랑이 싹텄을 때라 그런 거고, 지금은 사랑이 꽃피어서 그런 거야!!

엄마 : 히야… 우리 아들 심리학 박사야??!

감은 아직 나올 때가…

아빠는 요즘 월요일마다 학교에 가서 수업을 들으십니다. 그런데 미리 숙제를 해 가야 돼서 주일 밤부터 월요일 아침까지 낑낑대시는데… 어느 여름날,

 아빠 : (숙제를 다 못하고 안방으로 오시며) 아아, 도저히 감이
       안 잡혀….
 엄마 : 그럼, 감 말고 사과를 잡으셔용… 큭!
 우성 : 감은 아직 나올 때가… 큭!

(아빠만 안 즐거운 풍경… 크크!)

왼쪽 이 부분만

- 2011.8.8.월.

우성이가 열이 나서 해열제를 먹고 있는 중인데, 열이 오르락내리락한다.

조금 전에도 해열제 먹은 후 열이 내릴 즈음인데, 우성이가 왼쪽 머리 부분을 가리키더니, '이 부분만 열이 남아 있어요' 그런다. 거기만 뜨겁게 느껴졌나 보다.

푸하… 열이 무슨 덩어리로 돌아다닌다니??

◀ 얼음주머니를 얹어줬더니, 나무장난감으로 뚝딱뚝딱 얼음주머니 거치대(?)를 만들어 매달아놓고, 한 손엔 체온계를 꼭 쥔 채 자고 있다. 아고 웃겨….

2012 - 10세

머리에 장식이…
- 2012.2

우성이가 자고 나더니 머리가 부스스해 가지고 안방으로 왔습니다.

우성 : 엄마, 제 머리에 장식이 생겼어요! ㅜㅜ…

엄마 : 히히… 깃털 장식?

통행세?

- 2012.2.

엄마는 우성이만 보면 끌어안고 뽀뽀를 하곤 합니다.

오늘도 여지없이 화장실로 가는 우성이를 붙잡고 뽀뽀를 날리려는 엄마,

우성 : 이거… '통행세'?

(하하! 우리 집은 화장실 가려면 안방을 거쳐서 가야 되거든요. ^^)

놀이동산은 일 년 내내…

- 2012.3.8.목.

우성 : 엄마, 이번 겨울엔 놀이동산 한 번도 안 갔어요. 스케이트 장도 안 가고…

엄마 : 왜에, 스케이트장은 갔잖아… 너 방과후교실에서도 가고, 교회에서도 가고…!

우성 : 가족끼린 안 갔잖아요. 암튼 스케이트장은 그렇고, 놀이 동산 한번 가요!

엄마 : 알았어…. 날씨 따뜻해지면.

우성 : 엄마, 이제 봄이에요, 봄!

엄마 : 날짜는 봄인데 날씨는 겨울이야!

우성 : 칫! 엄마 그러시다 좀 지나면 '애고, 더워서 못 간다' 그러
실 거고, 어떤 땐 너무 저녁이라 안 된다 그러실 거고, 어
떤 땐 피곤하다고 그러실 거고… 내가 다 알아….

엄마 : @#$%^*&… (참말로 다 아네… 쩝… ㅜㅜ)

헐… 목욕한 지 3년??　　　　　　　　　　- 2012.4.7.토.

우성이와 엄마가 식탁에서 라디오를 듣고 있었다. 어느 남자분
의 간증이 흘러나오고 있었다. 감옥에서 그리스도인이 된 사연을
얘기하는 듯했다. 그런데 갑자기…

우성 : 헐… 목욕한 지 3년이래?

엄마 : 풋! '목욕'이 아니고 '복역'이야! 감옥에서 3년 있었다는
말!

우성 : 그래요? 어쩐지….

(우성인 '복역'의 뜻을 몰랐으니 '목욕'으로 들린 모양)

강에 살아?

간고등어를 구워먹으려고 가위로 꼬리를 자르고 있었다.

우성 : 엄마, 그거 뭐예요?

엄마 : 으응, 이거 간고등어!

우성 : 강고등어? 강에 살아?

엄마 : 푸하… 강에 사는 게 아니고, 소금으로 간한 고등어를 간
　　　고등어라고 하는 거야!

(비슷한 발음 때문에….)

2013 - 11세

성교육 지대루 받은 우성

- 2013.1.5.토.

(엄마는 평소에 우성이를 일컬어 '우주에서 제일 귀여운 아이'라
하고, 혜림이를 일컬어 '우주에서 제일 예쁜 아이'라 한다…. ^^)

엄마 : 야아! 이렇게 '우주에서 제에일 귀여운 아가'가 어떻게

엄마 뱃속에서 쏘옥 나왔지?

우성 : 하하… 내가 1억 대 1의 경쟁을 뚫고 이겼기 때문이지!!

엄마 : 히야… 너 대단하다. 나머지 1억을 올킬시킨겨?

우성 : 그러엄!!!

2015 - 13세

우성이의 돌직구   - 2015.3.9.월.

엘리베이터에서 거울을 보며,

엄마 : 에효… 엄마 허리 실종이다. 허리가 어딘지 모르겠다!

우성 : 살 삐져나온 데가 허리지!!

엄마 : 헐…! ㅜㅜ

우성이의 권력야욕?   - 2015.3.12.목.

우성이가 열감기로 하루 결석했는데 하필 그날이 임원선거일이
었다. ㅜㅜ

엄마 : 어쩌냐? 너 임원 하고 싶어했잖아….

우성 : 괜찮아, 2학기가 있잖아!

(6학년인데도 여전히 권력야욕(?)은 진행 중… 큭!)

콩의 보호색?

- 2015.8.12.수.

우성이는 밥에 있는 콩을 싫어해서 콩을 빼고 밥을 퍼주는데, 오늘은 콩이 한 개 있었나 보다. 우성 왈,
"어라? 이제 콩이 보호색도 띠네??"

(푸하… 오늘 밥엔 흑미도 섞여있어 어두운 색인 고로 강낭콩이 눈에 잘 안 띄니까, 엄마가 일부러 숨겨놓은 줄 알고 우성이 한 말! ^^)

3M

- 2015.8.12.수.

스티커 자국 제거 스프레이를 샀다. 우성이가 보더니, 왜 "3미터라 써있어요?" 한다.
알고 보니, 회사 이름 '3M'이다. 내가 '쓰리엠'이라는 회사 이름

이라고 알려주니 기가 막혀 자기도 웃는다. 푸하!

(전에 개그맨 안상태 씨가 'Made in USA'를 '마데 인 우사'라 읽으며 웃음을 선사한 적 있는데, 오늘 우성이의 '3미터'가 그렇고나….)

2016 - 14세

밀크 캐러멜   - 2016.7.

밀크 캐러멜을 우성이에게 권했더니 싫어한단다.
엄마 : 아니, 어떻게 이걸 안 좋아할 수가 있어?
우성 : 아니, 어떻게 이걸 좋아할 수가 있어?
우리 우성이, 중학교 1학년, 이젠 한마디도 안 진다….

가족 같은? 가족다운!   - 2016.8.8.월.

엄마(나)가 방귀를 '부우우우우웅…' 뀌었다.
우성 : 좀 긴데? 아빠 '붕! 붕! 붕!' 하드만!

엄마 : 난 안 끊어서 그래!

우성 : 그러다 싸요!

엄마 : 큭! 이래서 우린 가족이다. 이런 대화 누구랑 하겠니?

우성 : 큭! 그건 그래!

개그콘서트의 '가족 같은'이라는 코너는 사회풍자적이다. 가족이지만 가족끼리 애정이란 없고 서로 오해하고 신경전을 벌이며 제 잇속만 차리려고 살벌한 대화만을 나누는 내용들이다.

오늘 우리 둘의 대화는 좀 우습지만 이 얼마나 편안하고 진솔한가…. 그야말로 가족다운 대화라 할 수 있지 않나? 스트레스 지수 제로인 대화 말이다.

이 땅의 가족들이 모두 '가족 같은'이 아니라, '가족다운' 가족들이 되었으면 좋겠다.

기고문

생일

〈전북대신문〉 1989.

○○에게

생일은 자기가 태어난 날을 기념하고 즐거워하는 날이지. 생일 날 '내가 태어난 사실'에 대해 진심으로 감사하고 즐거워한다면 생일의 진정한 의미를 찾았다고 본다.

'태어났다는 것' 삶의 충분조건이야. 흙이 있으면 나무가 자라고 물이 있으면 강은 흐르듯이 사람도 태어나기만 하면 그저 살아 가니까. 그러나 필요충분조건은 아닐지니, '태어남'에 삶의 의미와 가치가 나름대로 붙여질 때 비로소 우린 '그저'가 아닌 '기꺼이' 살 아갈 수 있지.

진정 자기의 삶을 가치 있게 사랑하며 주어진 생에 대해 기뻐하 고 감사하지 않고서는 값지고 의미 있는 생일을 결코 만들 수가 없다고 본다.

많은 사람들은 이 중요한 사실은 뒷전에 물리고서는, 생각 없이 마냥 즐거워하고 하루 동안 '자기의 날'인 것에 만족하며 선물꾸 러미 속에 그냥 잠이 드는 게 아닌가 싶어. 1년에 한 번쯤, 내가 왜 태어났으며 어떻게 살아가야 할까, 나는 과연 생을 긍정적으로 수 용하고 있는지 체크해 보는 것이 좋을 듯싶다.

이러한 점검이야말로 우리의 삶을 가치 있게 해주는 데 절실하 게 필요한 것이라고 생각된다. 어떻게 보면 삶이라는 탑의 기초공 사라고나 할까? 비바람에는 매섭게 이겨내고, 밝은 태양엔 하얗게 웃음 지을 수 있는 우리의 건강한 삶의 탑, 이것을 위해 우리의 생 일날, 손에 든 축배를 한번 살펴보기로 하자. 이 잔이 과연 생에 대 한 기쁨의 달콤한 잔인지, 원망과 회한의 쓴 잔인지, 아니면 이것 도 저것도 아닌 바보의 축배인지.

성서 속의 인물로 욥이라는 사람이 있었지. 그는 큰 부자였고 정직했으므로 신의 칭찬을 듬뿍 받았어. 어느 날 악마는 신께 참소해 욥에게 큰 시험을 치르게 했지. 자녀들은 몰사했고 욥은 온몸에 가려운 종기가 나서 기왓장으로 긁고 상처를 개가 핥을 정도였어.

'동방의 의롭고 큰 자'라고 불리던 욥이었지만 결국은 생을 저주하고 말았지. 나중에 다시 회복되어 전보다 더 큰 축복을 받긴 했지만 그가 생을 저주했던 그 짧은 순간은 성서에 기록되고 만 거야. "어찌하여 죽어 나오지 않았던가. 어찌 내게 생명을 주셨는고…."

삶은 우리 앞에 있다. 집어 던질 수도 없고, 잡아 묶을 수도 없이 우리 앞에 웅크리고 있는 삶, 바싹 다가가 포옥 안으면서 우리의 멋진 생일을 기대해 보도록 하자.

"생일, 삶이 내게로 온 기쁜 날이여!"

- 김 은 실 (국문 4) -

(2021 추신 : '상처를 개가 핥을 정도였어'는 나의 착오로 잘못 기록된 내용이다. 이 내용은 욥기서에 없고, 성경의 다른 부분에 나온 것임.)

하나님의 업그레이드

월간 〈고신 생명나무〉 2016.3. - 신앙수기 은상 수상작

'업그레이드(upgrade)'라는 용어가 있습니다. '개선', '상승', '승급' 등으로 바꿔 말할 수 있고, 특히 컴퓨터 분야에서, 하드웨어나 소프트웨어의 성능을 기존 제품보다 뛰어난 새것으로 변경하는 일을 일컫는 말로서, 빈번히 쓰이는 외래어입니다.

우리 그리스도인들에게 있어서도 신앙의 업그레이드는 필수적입니다. 이번에 저의 신앙 여정을 돌아보며 제 신앙 또한 하나님

의 자비와 긍휼하심으로 알게 모르게 업그레이드되어 왔음을 고백할 수 있게 되었습니다. 특히 결혼과 더불어 한국의 보수교단 중의 하나인 고신 측에 소속되어 신앙생활할 수 있게 된 것이 너무나 감사하여서 졸필이나마 제게 주신 하나님의 은혜를 나누고 싶어졌습니다. 이 글을 통해서 모든 고신 형제자매들이 조금이라도 더 자부심을 가지실 수 있게 되기를 바라는 마음 간절합니다.

저는 영유아 때부터 스물세 살 때까지 기장(한국기독교장로회, 한신대가 주축임) 측의 교회에 다녔습니다. '군산성암교회…' 규모가 크지 않았기에 가족적이고 사랑이 넘치는 교회였습니다. 부모님을 따라 우리 가족은 거의 개근하는 신앙생활을 했습니다. 저 또한 생활의 일부로, 너무나 당연한 습관처럼 교회에 출석하였습니다. 중학교 3학년 여름 수련회 전까지는 정말 '출석 교인'이었던 것 같습니다. 아무 문제의식도 없이, 신앙에 대한 진지한 점검이나 성찰도 없이 그저 출석 잘하는 모범 학생일 뿐이었습니다.

1982년 중학교 3학년 때의 여름, 그때에 비로소 저는 진정한 그리스도인이 되었습니다. 중고등부를 지도하셨던 선생님 한 분이 계셨는데, 방언의 은사를 받으셨고 뜨거운 열정으로 학생들을 가르치셨습니다. 그분은 우리들에게도 방언의 은사를 사모하라며 자신의 트레이드마크인 '히브리 방언'으로 우리들을 위해 열심 다해 기도해 주셨습니다. 저 또한 그 선생님으로 인해 새로운 도전에 직면하게 되었습니다. 정말 하나님의 실재하심을 체험하고자 하는 강한 열망이 생겨났습니다. 습관적이고 건조한 신앙생활에서 탈피하고 싶었습니다. 바위에 무릎을 꿇고 머리핀이 빠져서 단발머리 끄트머리에 대롱대롱 매달려 있는 것도 모른 채 열심히 기도하였습니다. 하나님이 살아 계시다면 제발 징표를 보여 달라고….

당시 담임목사님의 딸은 중학교 2학년이었는데 그 아이와 다른 여자 아이 하나가 먼저 방언의 은사를 체험하였고, 우리는 그에 고무되어 모두 원형으로 둘러앉아 서로의 손을 붙잡고 뜨겁게 기도하였습니다. 그 후 흩어져서 개인별로 기도하였는데 드디어 저에게도 방언의 은사가 임하였습니다. 저는 너무도 기뻤고 저도 모르게 찬양을 하였는데 찬양까지도 방언으로 나오는 게 아니겠습니까. 저는 중국말처럼 들리는 방언을 하였습니다. 제 귀로도 확인할 수 있었습니다. 제 맘속으로는 한국말로 기도하는데 제 입술에서는 제가 알지도 못하는 언어인데 중국말 비슷한 말들이 쏟아져 나왔습니다. 저는 너무도 신기하였고 정말로 그때 이후로는 하나님의 살아계심을 부인할 수가 없게 되었습니다.

제게 있어 중학교 3학년 여름은 정말 뜨거웠습니다. 저는 여름 내내 구름 위를 나는 듯한 기분으로 지냈습니다. 그 수련회 이후 한 달여 정도는 제 생애에 있어서 가장 기뻤던 기간입니다. 그때처럼 환희에 찬 나날을 보낸 적은 없었던 것 같습니다.

그러나 체험적 신앙에는 한계가 있었습니다. 인간이란 존재가 얼마나 간사한 것인지…. 제 입술에서 그 표적적인 방언이 사라져 감에 따라 저의 신앙 또한 다시금 미지근해졌습니다. 미션스쿨이었던 고등학교에서 학급의 종교부장으로, 교회에서는 중고등부 부회장으로 활동은 하였지만 영적 침체에 빠져 있었고, 열정과 감격은 어느새 소진되어 버렸습니다.

하나님은 그런 저를 그냥 두지 않으셨습니다. 주께서 제 신앙을 업그레이드시키실 대목이 왔었던 것일까요? 대학에 입학하자마자 바로 하나님은 저를 '네비게이토 선교회'와 접촉시키셨습니다. 네비게이토 전주 모임에서 1년 반 동안 참으로 많은 것을 배웠습니다. 평생에 잊지 못할 가르침들을 거기에서 훌륭한 주의 형제, 자매들을 통해 배웠습니다. 영적 침체에 있던 저는 네비게이토 모임을 통해 '영원히 썩지 않을 말씀을 바탕으로 확신하는 법'을 배웠고, 구원의 확신을 갖게 된 후 다시금 소생되었습니다. 체험적 신앙의 한계는 그 체험이 육신에서 사라지면 영적 기쁨과 확신도 약해질 수 있다는 점입니다. 그러나 영원토록 살아 운동력 있는 말씀에 의지하여 하나님의 은혜와 복음의 도를 깨달았을 때, 그 기쁨은 말로 형언할 수 없었으며 더욱 굳건한 반석 위에 섰음을 느끼게 되었습니다.

그곳에서 저는 큐티와 말씀 암송, 규칙적인 기도 생활의 중요성 등을 배울 수 있었고, 말씀에 기초하여 모든 생활을 조율하는 선배들의 모범을 많이 볼 수 있었습니다. 예를 들면 그분들은 커닝(cunning), 대리대답, 흡연, 음주, 데모(시위)를 하지 않았고, 심지어 미팅까지도 금기시하였습니다. 저 또한 그 영향으로 네비게이토를 떠난 이후 졸업 때까지도 세속적인 대학 문화에 흡수되지 않고 청교도적인 자세를 견지할 수 있었습니다. 네비게이토 전주 모임에서 인내와 사랑으로 저를 지도한 이경아, 김용숙, 정은선, 김은형, 서혜영 언니들께 진심으로 감사드립니다. 희한하게도 이 중 두 언니들은 훗날 우리 교단에서 다시 만나게 되었습니다. 이경아(문승주 목사님), 서혜영(정완수 목사님) 언니들은 현재 우리 교단의 목사님 반려자들이 되셨습니다. 다른 분들은 어디에 계시는지 모르지만 여전히 '양들을 먹이고' 계시겠죠….

네비게이토와 같은 선교 단체들… 지금은 어떤지 모르겠지만 그 당시에는 선교 단체와 교회간의 연합이나 교류가 거의 없었고 선교 단체의 활동은 '교회 밖의 운동(para-church movement)'이라 하여 오히려 기존 교회의 연구 대상이기도 하였습니다. 저는 철저히 교회 중심으로 생활해 온 터라, 주일학교 교사로 봉사해야 할 시간과 네비게이토 모임 시간이 겹칠 때면 저는 교회를 택했습니다. 결국 저는 선교회를 따를 것이냐, 교회를 따를 것이냐를 두고 고민 아닌 고민을 할 수밖에 없었고, 저의 선택은 교회였습니다. 눈물을 머금고 장문의 편지를 리더 언니들에게 전달한 뒤에 저는 네비게이토와 작별을 고했습니다.

그 일은 제가 자라왔던 군산성암교회를 제가 얼마나 사랑하는 지를 스스로 확인하는 계기가 되었습니다. 그러나 제가 그토록 사랑하는 교회였지만, 그 교회가 속한 교단의 신학과 사상에는 동의할 수가 없었습니다. 이른바 해방신학이니, 신신학이니, 민중신학이니 하는 용어들도 들려오고, 강단에서는 국가 정치와 관련된 설교들도 이어졌지만 성암교회는 그다지 그 색채가 강하지 않았기에 저는 별다른 문제의식이 없었습니다. 그러다가 마침내 저는 기장을 떠나야겠다는 결심을 하게 되었는데, 그 발단은 바로 소위 '기청 모임'에 참석하고 나서였습니다. 기독교 청년회 연합 모임이었는데 전북 지역의 기장 교단 교회 청년회 임원들이 이리(현재의 익산)의 모 교회에서 모였던 것으로 기억합니다. 그 모임에서 청년들은 애찬식을 한답시고 포도주를 대접째 들이마시지를 않나, 발표 시간에는 온통 '인간 예수, 개혁자 예수, 사회 참여, 어쩌구 저쩌구…' 하는 소리들밖에 들려오지 않았습니다. 심지어 '성경'은 단지 역사서이므로 성경에서 '성' 자를 빼야 한다는 소리까지도 서슴지 않았습니다. 저는 더 이상 듣고 있을 수 없었고 뭔지 모를 분노가 치밀어서 자리에서 벌떡 일어나 밖으로 나와 버렸습니다. '아, 이대로 치우쳐 가다간 이단도 될 수 있겠구나' 하는 생각이 들었습니다.

인본주의 신학이 판을 치는 모습을 보자니 교회를 옮기고 싶어
졌습니다. 그러나 제가 자라온 교회를 떠난다는 생각만으로도 눈
물이 앞을 가렸고 정든 선후배들과 성도들을 떠난다는 것이 제겐
너무도 힘겨운 일이었습니다. 그러다가 1990년 대학졸업 후 얼마
안 되어 저는 서울의 한 출판사에 취직하게 되었고, 그해 5월부터
저의 친언니가 다니고 있던 예장 합동(대한예수교장로회 소속, 총
신대가 주축임) 측의 '성도교회'로 나가게 되었습니다. 당시 청년
부를 지도하시던 분은 방선기 목사님이셨는데 직장사역연구소장
이면서 도서출판 한세 대표를 역임한 분이십니다.
성도교회 청년부에서 방 목사님의 간단명료하면서도 깊이 있는
메시지는 저를 사로잡기에 충분했습니다. 사회 초년병들인 우리
동기들의 토요 기도 모임에도 매주 참석하시어 진지하게 교제 나
누시던 모범을 잊을 수 없습니다. 성도교회 청년부는 짧은 기간이
었지만 제 시야를 넓혀 주었고 깊은 인상을 남겼습니다. 방 목사
님도 네비게이토 출신이라는 소문을 듣고 반갑기도 했었습니다.
나중에 알고 보니 고 옥한흠 목사님이 방 목사님의 청년시절 은사
이기도 하셨습니다.

그 후 언니네 집이 부천으로 이사했을 때도 예장 통합(장신대가

주축임) 측의 '역곡세광교회'를 다녔고, 또 독립하여 친구랑 자취할 때도 서울 신촌에 있는 '신촌장로교회(통합)'에 출석하였습니다. 저는 고향을 떠나온 이후로 인본주의 신학을 바탕으로 한 교단을 떠난 것에서 만족감은 느꼈지만, 연일 야근하다시피 하는 회사 생활을 핑계로 교회 봉사는 차일피일 미루면서 주일 대예배만 간신히 참석하며 지내고 있었습니다. 당연히 제 신앙 상태는 침륜에 빠지게 되었습니다.

이 대목에서 하나님이 가만히 계실 리 만무했습니다. 저는 야근이 적은 직장으로 두 번 옮기게 되었고, 하나님은 제게 '직장인 성경공부 모임(BBB)'을 만날 기회를 주셨습니다. 그 모임에서 훌륭한 리더들을 다시금 만났으며, 제 생활 또한 재정비할 수 있었습니다. 여러 면에서 네비게이토나 C.C.C를 닮아 있는 그 모임은 지금도 많은 직장인들을 목양하고 있을 것입니다.

결혼 전까지 1년 정도를 BBB에서 지도 받고 나서 결혼과 동시에 저는 새로운 리더를 만나게 되었습니다. 바로 남편입니다. 1998년 남편은 저와 결혼할 당시 예장 고려(문산 고려신학교가 주축임) 측 신학대학원 3학년이었고 '서울서광교회(현재 고신)'에서 사역하고 있었습니다. 그 후 '안양일심교회' 부목사를 거쳐 2005년에 '서울서광교회' 담임목사로 부임하여 현재까지 사역하고 있습니다.

우리 둘이 처음 만날 당시를 떠올려보면, 요즘 말로 '코드가 안 맞는' 듯한 느낌을 서로 가졌었습니다. 저는 신앙생활에 있어서 자유함을 중요시한 반면 남편은 성결을 매우 중요시하는 듯했습니다. 그러나 짧은 기간 동안에 하나님은 우리 둘이 결혼에 이르도록 여러 모로 역사하셨습니다. 만남에서 결혼까지 약 4개월간의 이야기를 저는 〈조석연, 김은실의 결혼기〉라는 한 권의 책으로 묶어 남편에게 선물하기도 했습니다. 아무튼 저는 결혼과 함께 드디어 한국 장로교단 중에서도 가장 보수적이라 일컫는 교단에 몸담게 되었고, 차차 고신인이 되어 현재로서는 고신맨이라 자부할 정도가 되었습니다.

고신의 교인들은 대체로 이사를 해도 고신 측 교회만을 찾아 등록하는 경향이 있는데, 왜 그런지는 고신에 와서야 알게 되었습니다. 현대의 문화사조와 종교계의 경향들은 매우 위험한 부분들이 있습니다. 범신론, 종교다원주의, 요가, 명상 등 뉴에이지 문화가 판을 치고 소위 '에큐메니컬 운동'은 종파 통합을 넘어 종교 통합 운동으로까지 번져가고 있습니다. 그 어느 때보다도 기독교는 독선적이고 독단적인 집단으로 매도되고 있습니다. 이런 세태 가운데서 우리의 목숨과도 같은 복음의 순수성이 가장 잘 지켜지고, 칼빈과 루터의 그 열정이 계승되고 있는 곳이 바로 고신과 같은 한국 장로교의 보수 교단인 것을 고신에 와서야 저는 알게 되었습니다. 고신에 와서 개혁주의가 무엇인지도 대체로 감을 잡게 되었습니다.

저는 기장에서 자랐고, 서울에 온 뒤로는 예장 합동과 통합 측의 교회들을 다녔으며, 잠시나마 감리교회 사역자가 주축인 소모임(영화 동아리)에 참여한 적도 있습니다. 저의 친오빠는 침례교회 목사로 사역하고 있고, 시모님도 침례교회 권사님이셔서 침례교회와의 인연도 있습니다. 대학 때는 네비게이토를, 직장인 때는 BBB 등 선교단체들을 만나기도 했었습니다. 또, 대학 재학 시절, 학과 선배 중에 구원파(이단) 교인이 있었는데 그 선배와 친분이 있어서 구원파를 연구하는 가운데 구원파 교회를 탐방한 적도 있었습니다. 하나님은 제가 많은 모임과 단체를 경험할 수 있도록 해 주셨습니다. 돌아보면 이 모든 게 저에게 유익이었고, 제 신앙을 업그레이드시키기 위한 하나님의 방법이었다고 생각됩니다.

많은 사람들과 마찬가지로 저 또한 한국의 교단주의를 슬퍼합니다. 우리도 천주교처럼 하나로 뭉칠 수만 있다면 얼마나 좋을까 하며 안타까워하고 있습니다. 그러나 그렇다고 하여 '무조건 합칠' 수는 없는 일입니다. 하나님은 모든 역사의 주인이시니, 많은 교단들이 생겨나는 것도 허용하셨고, 한국의 많은 교단들을 통하여서도 최선의 것들을 이루실 줄 믿습니다. 저는 고신 교단만이 옳고 뛰어나다고 생각하지 않습니다. 이것은 제가 갖고 있는 고신에 대한 자부심과는 별개입니다. 성령께서는 각 교단마다 강조점을 달리하셔서 역사하셨다고 봅니다. 그 강조점들에 지나치게 몰두하다 보면 말씀이 왜곡되고 이단성까지도 드러내게 되는 것입니다. 그러므로 우리는 기장이든 통합이든 고신이든 주 성령께서 우리 각 사람을 감동시키시는 대로 그 처한 교회 내에서 바른 교리와 바른 생활의 지침들을 가지고, 하나님의 말씀이 왜곡되지 않도록 목숨처럼 지켜내야 하는 것입니다.

저는 제 신앙 여정을 돌아볼 때 분명히 하나님께서 제 신앙을 업그레이드시켜 오셨다고 확신합니다. 하나님의 업그레이드는 각 사람마다 그 모양새가 다르겠지만, 제게 있어서는 처음에 은사 체험으로 만나 주셨고, 그 다음에 말씀에 의한 구원의 확신을 갖게 하셨고, 그 다음엔 복음의 순수성을 지켜 나가는 고신 교단으로 이동케 하신 점 등으로 요약할 수 있겠습니다.

이 글을 읽는 여러분들의 삶 가운데서는 하나님이 어떻게 역사해 오셨는지 궁금합니다. 저와 여러분, 우리 각 사람을 향한 하나님의 업그레이드는 오늘도 내일도 계속될 것입니다. 에벤에셀!

• 수상 소감문

살면서 때론, 아니 자주 말과 글을 끊고(?) 싶을 때도 많습니다.

홀륭한 말과 글로 인해 존경받던 분들이 사실은 그와 다르게 엄청난 과오를 저질러왔음이 탄로나고 그 인생이 비참해지는 것을 종종 보기 때문입니다. '다 포장일 뿐이었어… 위선적 인간들! 저러느니 차라리 입을 닫고 살자… 행동으로 보여주는 게 중요할 뿐이야!' 하고 생각하게 되는 것입니다.

그러나 말과 글로 전하지 않으면 역사는 이루어지지 않는 법… 위대한 예수 그리스도 우리 주님도 말과 글로 전해졌기에 온세계에 구원이 선포된 것 아니겠습니까? 성경이 우리에게 목숨 같은 유산인 것처럼 성도들의 간증문도 필수적인 신앙의 유산이라 생각됩니다.

그래서 저도 부족하나마 펜을 놓지 않습니다. 시편 기자처럼… "내가 죽지 않고 살아서 여호와께서 하시는 일을 선포하리로다!(시 118:17)"

아울러 말과 글에 책임을 지는, 말년까지, 임종까지 타락하지 않는 자가 되기 위해 부단히 노력하고자 합니다.

주님, 불쌍히 여겨주옵소서. 말과 글에 책임지는 자가 되게 하옵소서!

거룩한 한량(?)

〈기독교보〉 2017.8.19.

월요일, 마음이 좀 느긋한 요일, 모니터 앞에서 책상에 다리를 걸치고 비스듬히 앉아 마우스만 까딱거리며 뉴스를 검색하고 있었다.

남편이 나를 귀엽다는 듯이 쳐다보며(아니, '한심하다는 듯이 쳐다보며'였나??) 이런다.

"참내, 나는 한량하고 산다!"

"한량?"

월요일, 휴가철이라 행여 담당공무원이 휴가라도 갈까 봐 남편은 목회자들의 휴일인 월요일임에도 불구하고 구청이니 주민센터니 두루 다니며 급한 업무들을 마치고 온 모양이다.

자기는 땀에 젖고 노곤한데 집에 와 보니 아내인 나는 늘 듯이 편안히 앉아 뉴스 클릭질(?)을 하고 있었으니 대번에 '한량' 어쩌고가 입에서 나온 모양, 크크크….

사실 한량이란 단어가 부정적 이미지로 많이 사용되어서 그렇지, 풍류를 아는, 품위 있게 놀 줄 아는 사람을 뜻하는 말이기도 하지 않나?

일할 땐 일하고 놀 땐 놀 줄 아는 건전한 한량, 거룩한 한량, 그런 사람이 되고 싶다.

우스갯소리로 사탄은 휴식할 줄 모르는 강박적인 존재라고 한다. 하나님도 안식하셨는데 말이다.

제대로 휴식 내지 휴지기를 갖지 않으면 탈이 나게 마련이고 욕구불만으로 인간성이 뒤틀리기 십상이다.

할 건 하고 안 할 건 안 하고, 쉴 땐 쉬고, 일할 땐 일하는 지혜롭고, 합당하고, 상식적인 삶이 순조롭게 이어진다면 더 이상 바랄 게 없겠다.

전도서의 말씀들처럼 주어진 분복을 잘 누리는 삶이 되기를…!

"사람들이 사는 동안에 기뻐하며 선을 행하는 것보다 더 나은 것이 없는 줄을 내가 알았고 사람마다 먹고 마시는 것과 수고함으로 낙을 누리는 그것이 하나님의 선물인 줄도 또한 알았도다(전도서 3:12~13)"

"사람이 하나님께서 그에게 주신 바 그 일평생에 먹고 마시며 해 아래에서 하는 모든 수고 중에서 낙을 보는 것이 선하고 아름다움을 내가 보았나니 그것이 그의 몫이로다(전도서 5:18)"

"이에 내가 희락을 찬양하노니 이는 사람이 먹고 마시고 즐거워하는 것보다 더 나은 것이 해 아래에는 없음이라 하나님이 사람을 해 아래에서 살게 하신 날 동안 수고하는 일 중에 그러한 일이 그와 함께 있을 것이니라(전도서 8:15)"

"너는 가서 기쁨으로 네 음식물을 먹고 즐거운 마음으로 네 포도주를 마실지어다 이는 하나님이 네가 하는 일들을 벌써 기쁘게 받으셨음이니라 네 의복을 항상 희게 하며 네 머리에 향 기름을 그치지 아니하도록 할지니라 네 헛된 평생의 모든 날 곧 하나님이 해 아래에

서 네게 주신 모든 헛된 날에 네가 사랑하는 아내와 함
께 즐겁게 살지어다 그것이 네가 평생에 해 아래에서
수고하고 얻은 네 몫이니라(전도서 9:7~9)"

위의 말씀들을 보니 '놀고먹으라'는 것처럼 쉽게 인식하기 쉽지
만, 전제된 내용들을 보면 그렇지 않다.

'선을 행하며, 수고하며, 하나님이 기뻐 받으실 만하게 삶을 산'
연후에 놀고먹으라는 것이다!

이러한 것을 나는 '거룩한 한량'이라 부르고 싶다.

자족함과 선함이 전제될 때만이 온전한 휴식, 온전한 향락을 누
릴 수 있을 것이다.

나는 한량이란 말이 나쁘지 않다. 할 수만 있다면 한량의 모습
으로 주 앞에서 춤추고 먹고 마시는 삶이고 싶다.

상대적 박탈감, 비교의식, 이런 것들에서 자유한다면 못할 것도
없다.

날마다 누릴 수 있다. 영적 한량, 거룩한 한량의 삶을!

지혜로운 '산 자'이기를!

〈기독교보〉 2019.1.12.

삶과 죽음… 무엇이 더 무거울까?

죽은 자는 평온하며 말이 없고, 산 자는 분주하며 흐느낀다.

오늘 새벽 12:40경, 한 분이 돌아가셨다. 지난 금요일에 뵈러 갔을 때만 해도 이렇게 빨리 소천하실 줄 몰랐는데… 금요일 문병할 당시, 간호사가 손에 주사바늘을 잘못 꽂아 그분은 괴로워하시며 다른 간호사를 불러 달라 하셨다. 다른 간호사가 와서 제대로 꽂

아드리니 그제야 평온을 되찾고 예배에 임하셨다.

한편, 나는 요 며칠 굉장히 괴로운 하루하루를 보냈다. 거창도 하다만, 다름 아닌 입 속의 헌 데 때문이었다. 딱 한 군데 입 속이 헐었는데 치아와 맞닿는 위치이다 보니 그 쓰린 아픔이 너무 심하고 크기도 점점 커지더니 지름 5mm는 족히 될 만큼 허연 동그라미가 선명했다. 어제 무렵부터 겨우 진정이 되고 보니 고문당하다 풀려난 느낌이 이렇지 않을까 싶다.

산 자에게는 주사 바늘 한 개, 입병 한 군데조차도 공포의 대상이다. 그러나 영혼이 떠난 육체는 불에 살라져도 괴로움이 없다.

오늘 돌아가셨다는 그분의 임종은 매우 평온했다고 한다. 살아 계셨을 땐 통증으로 그리도 고통스러워하셨는데….
이제 그 통증은 그분을 바라보던 사람들, 살아 있는 자들의 몫이 되었고, 본향으로 가신 그분의 영혼은 마냥 평안하리라.

삶은 통증이다. 무겁다. 죽음 이후엔 무통이고 가볍다. 그래서 섣부른 인간들은 죽음을 스스로 택하기도 한다. 삶이 제 것인 양 팽개쳐 버린다. 삶이 과연 스스로의 것인가… 게다가 어떤 죽음은 무한한 고통의 시작일 뿐이다.

아무리 무겁다 해도 놓아버려서는 안 될 것이 삶이다. 괴로워도 살아내야 할 운명, 이러지도 저러지도 못할 숙명을 지닌 존재가 바로 인간이다. 때문에 지혜자들은 삶을 살되 '무게감'에서 벗어나고자 노력하는 것이다.

어떻게 이 삶의 무게감, 삶의 통증에서 자유로울 수 있을까? 바로 자기의 정체성을 깨닫고 절대자에게 자신의 전 존재를 내어맡기는 것이다. 지존자 앞에 이렇게 고백하는 자들만이 지혜자들이라고 나는 단언하고 싶다.

"주님, 저는 주님의 피조물입니다. 주께서는 저를 최선의 길로 이끄시는 분인 줄 믿습니다. 주께 제 삶을 맡겨드립니다. 주의 뜻대로 인도하여 주옵소서."

많은 사람들이 그렇듯 사실 나도 그다지 삶을 가볍게 살아내지 못하고 있다. 그러나 조금씩 나를 비워내고, 자아를 덜어내고, 내 존재를 가볍게 하고자 노력하고는 있다. 그럴 때 창조주 그분은 나의 비어진 곳에 찾아와 주셔서 때때로 충만케 하신다. 그래서 나는 행복하다.

행복자, 지혜자로서 살아가는 것. 이것이 바로 우리 전 존재, 즉 영혼과 육체의 창조자 하나님께서 우리에게 주신 숙제다.

나는 날마다 소망한다. '죽음의 가벼움'을 사모하지 않고, '삶의 무거움'을 불평하지 않으며, 하루하루 내 몫의 삶을 기꺼이, 치열하게 살아내도록 노력하는 '산 자'이기를⋯!

영화 〈기생충〉을 보고

〈기독교보〉 2019.7.13.

평소에 보면, 죄악된 것들의 미화나 잘못된 신관, 인간관, 세계관, 암울한 메시지를 주는 영화들 중에서 기교적으로 뛰어난 것들이 많았다. 이런,… 왜 이렇게 잘 만들어 놓은 거야…. 사탄의 미혹전략인가?… 내 주관적인 것이지만 예를 들면 〈메디슨 카운티

의 다리(1995)〉, 〈해피투게더(1997)〉, 〈콘택트(1997)〉, 〈아바타
(2009)〉 등등 꼽을 수 있는 게 많다.

슬프게도 예상은 빗나가지 않았다. 영화 〈기생충〉 또한 수작으
로 생각된다. 메시지는 한없이 암울한데….

• 사람인가 짐승인가…

사람인가 짐승인가, 영장인가 영장류인가, 이것은 어쩌면 창조
의 주체가 누구인지 혹은 무엇인지에 관한 인식의 문제다. 하나님
은 분명코 남자와 여자를 창조하셨다고 하셨는데, 사람은 본래 존
엄한 존재로 창조되었는데….

그러나 진화론 교육과 그 배후에 작용하는 사탄의 영향 때문인
지 정작 사람들은 스스로를 존엄한 존재로 인식하지 못하는 듯하
다. '만물의 영장(靈長)'이라는 지극히 성경적인 표현은 구시대의
유물이 되어버린 것인지… 자신을 비루한 존재로 짐승과 동일시
하며, 삶을 영위하기보다 연명해갈 뿐인 개인들이 너무 많은 현실
을 이 영화 '기생충'을 통해서 다시금 느낄 수 있었다.

영화는 현실의 반영이고, 사실주의에 기초해 현실보다 더 현실
적인 묘사들이 많기 마련인데, 〈기생충〉을 보며 또 한 번 탄식하
지 않을 수 없었다. 빈자와 부자의 사실적이고 입체적인 대비, 누
가 피해자고 가해자인지 모호하게 만드는 내용전개, 어느 정도의
열린 결말 등 훌륭한 영화적 연출을 통해 인간 군상들을 표현해

냈다. 마치 포식자 피라미드로 표현되는 짐승세계와 같이 인간세계 또한 계급 피라미드로 동일하게 표현될 수 있다는 자괴감을 느끼게 한다.

사탄은 오늘도 속삭이고 있다. "너는 존엄하지 않아, 너의 조상은 원숭이, 더 나아가면 아메바, 너는 우연의 연속으로 생겨났을 뿐이야, 너의 삶은 무가치하고 무의미해, 인생은 거짓과 실패의 연속일 뿐이야, 그러니까 너는 이것저것 고민하고 따질 필요 없이 돈만 손에 쥐면 돼. 수단 방법 가리지 말고 수직상승해서 누릴 것들을 누리면 그만이야…."

이 영화를 관람하고 인간 존재, 인간 행태에 대한 자괴감으로 정서적 침잠 상태에 빠지려는 찰나, 이러한 절망감이야말로 문화매체를 이용해 사람들의 자긍심을 무너뜨리려는 사탄의 계략에 휘말리는 것이란 생각이 들었다. 휘말리지 말자!

이 세상 문화는 사실주의를 많이 추구하고, 나아가 염세적이고 비관적인 세계관을 대부분 표출하며 이상주의를 조롱하곤 한다. 혹은, 역으로 이상주의로의 복귀를 재촉한다. 이상주의를 신앙적으로 표현하자면 복음주의, 소망적 내세주의라 할까? 만물의 영장으로서 현세를 살고, 천국 백성으로서 영원을 살아갈 우리 기독인들은 태생부터가 낙관론자다. 왕의 자녀로서 살며, 최후승리는 우리 것이니까!

암울한 세계관의 영화들… 타산지석, 반면교사, 그 이상으로도 그 이하로도 생각하지 말고, 더 나은 세상을 위한 노력을 중단하지 말고, 나 한 사람이라도 삶을 통해 인간존엄을 상기시키며 살아가는 우리 기독인들이 되었으면 한다. 사람은 영장이지 영장류가 아니다!

- **공존인가 기생인가…**

'삥뜯다'라는 말이 있다. 이것도 일본어의 잔재이자 화투용어에서 비롯된 건데, 이것만큼 '시의적절한' 용어가 생각나지 않는다. 영화 〈기생충〉을 보면 빈자는 취업을 가장해 부자에게 빌붙어 몰래몰래 부자를 삥뜯곤 한다. 이것은 공존이 아닌 기생이다. 부자는 대부분 자발적으로 나누지 않기에 자기도 모르는 사이에 삥뜯기곤 한다.

평화로운 공존을 위해 서로가 애썼다면 상류층이나 하류층 이런 이분법이나, 고위층, 중산층, 하위층 운운하는 일은 일어나지 않았을 것이다. 이제는 계층 간, 세대 간, 남녀 간, 지역 간 삶의 방식이나 사고방식이 너무도 차이가 많아 서로가 서로를 이해 못하는 사회가 되었고, 반목과 질시로 인해 사람을 벌레로 명명하는 지경에까지 이르렀다.

충, 충, 충으로 작명하는 사회… 무뇌충으로부터 시작, 틀딱충, 한남충, 페미충, 맘충, 급식충, 심지어 진지충까지, 사람이란 존재를 벌레로 분류해 버린다. 사람에게는 인, 인, 인을 붙여야지, 명인, 자유인, 옹, 양, 군….

사람이 사람을 비하하다 보니, 윤리의식도 점점 나락으로 떨어지는 듯하다. 가족 간 살인도 다반사고, 잔혹한 살인도 자주 일어난다. '계층'을 넘어 '벌레 충'으로 부르는 사회, 심각하다… 인간비하, 인간소외가!

계층 간 공존을 위해 개인들은 어떤 노력을 해야 할까? 심각하게 고민해 봐야 한다.

- 성경인가 세상인가…

성경에도 보면 사람을 벌레로 표현하는 부분들이 있다(욥 25:6, 사 41:14). 이는 성령의 깨닫게 하심으로 비롯된 '한없이 높으시고 강력하신 하나님 앞에서의 고백'이다.

그러나 요즘 세태에서의 벌레 표현은 앞에서도 언급했듯이 상대방에 대한 경멸이나 스스로에 대한 자괴감의 표현이다.

우리는 참소하는 자, 사탄이 주는 벌레 고백이 아닌, 성령께서 주시는 벌레 고백을 해야 한다. 창조주 하나님을 경외하는 차원에서라면 나 자신은 그야말로 벌레보다도 못한 존재, 먼지, 무익한 종 등으로 얼마든지 표현할 수 있다. 그러면서도 무의미한 존재가 아닌, 유의미한 존재, 포로 된 자유자, 억압된 행복자, 다 가진 무소유자, 하나님만 두려워하는 용사들로서도 표현할 수 있다. 하나님 앞에서는 한없이 작은 자이나, 만물 앞에서는 영장, 다스림을 위임 받은 존재, 이것이 우리 기독인의 정체성이다.

세상은 요지경, 말세지말을 향하고 있다. 실제로 스스로를 짐승으로 여겨 개, 염소 등 짐승의 형상을 뒤집어쓰고 짐승으로 사는 사람들도 있고, 짐승과 결혼식을 올린 사람들도 있다. 치료와 회복이 시급한 사회다. 내가 먼저 인간존엄을 인식하고, 담대함을 회복하고, 만나는 사람마다 인간존엄, 만물영장의 개념을 탑재해 줘야 함이 우리 모두의 과제다!

영화 〈기생충〉이 칸영화제에서 황금종려상을 수상하고 전세계의 주목을 받으며 개봉한 것은 어쩌면 '참으로 시의적절'하다. 위 과제의 엄중함을 다시금 일깨워줬기 때문이다.

(추신 : 위에는 지면상 삭제했던 내용까지 실었다.)

코로나 19 적응(?)기,
피할 수 없으면 즐기라!

〈기독교보〉 2020.3.14.

기후변화, 핵전쟁, 전염병, 겁나 위협적인 이 셋 중 하나가 찾아왔다.

순식간에 혼돈이다. 21세기 바벨 사건인가….

교계 안팎으로도 술렁인다. 밖의 비난, 안의 분열(의견대립), 비관적으로 흐르기 쉬운 내 정신상태, 정립하고 다잡기까지 일주일 정도 걸린 것 같다. 나름 빠른걸? 요즘 요구되는 건 순발력!

제일 급선무는 교회방역문제였다. 손소독젤, 뿌리는 소독제, 마스크 구입, 출입문 폐쇄(신천지 방지, 번호키로 전환)… 번호키를 달기 전까지는 새벽기도회시 나는 '경비 아줌마'를 자청했다. 현관문 안에서, 기도 마치고 내려오시는 분들 일일이 문을 열고 보내드렸다. 다시 잠그고, 열어드리고, 다시 잠그고… 샛문에 번호키를 달고 나니 지금은 너무 편하다.

제일 혼란스러웠던 건 예배방식, 특히나 우리 교회는 2/29(토)에 임직식을 앞두고 있던 터라 고심이 말이 아니었다. 결국 주일(3/1) 오후로 옮기고 외부 하객 일절 없이 조촐하게 치렀다. 주일 예배는 오전예배만 세대통합으로 드리고(투트랙 아니고 원격시스템 없이 회집예배만 드림), 공동식사 생략, 도시락 제공.

예배방식에 대해선 교계에서 지금도 의견이 분분하고, 세상의 여론은 살벌할 정도다. 처음엔 나도 남편에게 내 의견을 관철시키고자 노력했지만, 지금은 무조건 남편 결정에 잠잠히 따르기로 했다. 남편과 함께하시는 하나님을 신뢰하기에!

엊그제 경기지사까지 나서서 강제명령 어쩌고저쩌고 하길래, 의분이 일었다. (우리 위치가 서울의 동쪽 끝이어서 그런지 경기도청, 구리시청 등의 문자도 받고 있다.) 이젠 소극적 대응이 아니라 적극적 대응도 필요한 시점이란 생각도 한다. 관련 뉴스에 댓

글도 달았다. 최대한 정중하게 그러나 논리적으로.

지난 주일(3/1)은 평소 주일예배 인원의 2/3 정도 출석했고, 이번 주일(3/8)은 1/2 정도다. 결석자들을 돌보는 일이 시급하다. 각 목장(구역)마다 주보와 목회서신, 1년1독 성경시험지 등을 전달(카톡 등 이용)하도록 하고, 식품이나 마스크가 절박한 분은 없는지 살피도록 하고 있다.

나는 부지런히 내가 속한 소그룹 단톡방들에 메시지들을 전한다. 사진으로, 글로… 격려하고 세워주고, 한마음으로 승리해 가기를 소원하면서.

엊그제는 '손 씻기 찬송'을 개발(?)해 냈다. 개발 아니고 발견이 맞겠다. 아, 위대한 김은실… 이런 건 전 세계 크리스천들에게 전달해야겠다는걸? 하하… 언론에서 '생일송'을 부르며 손 씻기 하면 30초를 달성한다고 하기에, 찬송가 〈나의 갈길 다가도록〉 1절을 좀 빠르게 불러 보니 30초였다. 우리 남편은 요새 열심히, 손 씻을 때마다 이 찬송을 부른다. 나도 손 씻을 때마다 이 찬송을 부르니 너무 좋다.

피할 수 없으면 즐기라! 코로나 19도 우리가 피할 새도 없이 우리 앞에 왔다. 그럼 재빠르게 응대해 줘야지! 천하의 느림보 김은실도 조금은 빨라졌다. 코로나 19 이 녀석 때문에…

화가 변하여 복이 되게 하시는 하나님을 무한신뢰한다. 주님께는 우리가 모르는 '큰 그림'이 있으시다! 우왕좌왕하기보다는 우리에게 맡기신 대계명, 하나님사랑 이웃사랑을 이 시기엔 어떻게 이뤄나갈 것인가, 대사명, 지상명령, 전도의 문이 막히지 않도록 이 시기엔 어떻게 행동해야 할 것인지, 빛의 속도로 정립하고 행해야 할 것이다.

오 주님, 이 사태를 통하여 여호와 아버지 하나님의 위엄을 만방에 나타내 보여주시옵소서. 주께서 주의 백성들을 얼마나 사랑하시는지를 나타내 보여주시옵소서. 열방이 주 이름 앞에 무릎 꿇게 하시옵소서. 모든 것 합력하여 선을 이루실 성삼위 하나님을 찬양합니다!

(2020.9월 현재 추신 : 요즘엔 코로나19가 확산된 관계로, 현장예배와 온라인예배를 병행하고 있다. 온라인예배는 밴드라이브와 유튜브를 통해 동시송출한다. 2.5단계 행정명령 시행 중인 지금, 현장엔 20명까지만, 그것도 주일예배에만 허용된다. ㅠㅠ)

시

'고려문학' 2020 신인상 시 부문에
출품한 10편의 시
당선작은 〈무지개〉,
〈시편 109편〉, 〈수신 확인〉 세 편이다.

무지개

일곱 소리가 하늘에 떴다

조물주 자신이
잊지 않으시려고
띄우신 건지

우리네 인간들
위로하시려고
띄우신 건지

매일 분노하는 신께서
가끔씩 하늘에
무지개 소리

내가 잊지 않고 있다
내가 참아내고 있다

너희들 때문에
붉으락 푸르락
이렇게 내가 있다

보혈 리필

이천 년 전 주의 보혈
주님은 지금도 흐르십니다

보혈에 몸을 씻고
보혈에 혼을 씻고

보좌 앞에 서기까지
보혈 흐르는 곳
떠나지 않겠습니다

역인지상정

인지상정(人之常情)은 때로
아니 자주 하나님의 뜻과 원수 된다

하나님은 우리에게
역인지상정(逆人之常情)을 요구하실 때가 많다

그것은 때로
아니 자주 무거운 숙제다
성령님의 도움 없이는 풀 수 없는

쓰임 받기 원합니다

나, 보잘것없지만
쓰임 받기 원합니다

야곱의 돌베개처럼
모세의 지팡이처럼
제사장의 나팔처럼
벧세메스의 소처럼
예루살렘의 나귀처럼

나, 보잘것없지만
쓰임 받기 원합니다

눈물의 색깔

똑같은 눈물인데
똑같지가 않다

자지러지게 웃고 났더니
고인 이 눈물
분홍색 눈물?

인간승리 감동사연에
또르르 저 눈물
푸른색 눈물?

가엾은 사람을 향한 먹먹함으로
핑 도는 그 눈물
고동색 눈물?

시편 109편

하나님!
이렇게 그 사람에게 말해주고 싶습니다

넌 정말 쓰레기구나
넌 회개하지도 말고 평생 괴롭게 살기 바란다
넌 지금처럼 만족을 모르기 바란다
넌 감사도 모르고 말년까지 살기 바란다
넌 여생을 증오 속에 살다가 지옥 가기를!

하나님!
이렇게 그 사람에게 말해주고 싶지만
하나님께만 말씀드리렵니다

하나님!
그 사람을 어쩌면 좋을까요?
아니, 저는 어쩌면 좋을까요?

수신 확인

친구, 기도가 뭔지 아나?
하나님께 띄우는 이메일일세

수신 확인은?
즉시도 되고
후일에 되기도 하고
미확인되기도 하지

그러나 반송은 없다네!

나는 미인이다

나는 미인이다
보조개 미인
피부 미인

너도 미인이다
목소리 미인
속눈썹 미인

어깨 미인, 발가락 미인, 귓불 미인, 걸음걸이 미인…
우린 모두 미인이다
걸작품들이다

마음의 부종

고이고 고여
부어오르기 전
빼내어야지

내 맘속
나쁜 액체들
미움 질투 무관심 냉소

쌓이고 쌓여
단단해지기 전
몰아내야지

내 맘속
나쁜 세포들
자존심 비교의식 패배감 허무감

삶의 마블링

만약
내 삶은 형통의 연속이었다라는 분 있다면
백 퍼센트 거짓말

만약
내 삶은 고난의 연속이었다라는 분 있어도
백 퍼센트 거짓말

그런 인생은 없다
형통과 고난
이 둘의 마블링이 삶이기에

에필로그

글들을 묶고 보니, 주로 가치관과 신앙에 관한 단상들, 가족과 시사 및 뉴스내용에 관해, 식물들을 기르며 묵상한 내용들, 사진들을 찍고 부연한 내용 등등이다.

여기에 묶여지지 않은 글들은 나중에 또 기회가 되면 묶으려 한다. 본서에 대한 '열화와 같은 성원'이 있을 줄로 생각하면서… 푸하, 김칫국 지대루다!

블레이즈 파스칼의 《팡세》는 내가 첫 번째로 꼽는 책이다. 물론 성경 다음으로.

파스칼은 41세의 젊은 나이에 사망했는데, 천재였지만 건강이 안 좋았던 것으로 알고 있다. 그의 《팡세》에는 짧으면서도 명쾌한 명제들이 많이 실려 있다. 익히 아는 '인간은 생각하는 갈대', '신(神) 없는 인간의 비참함' 같은 표현들도 이 책에 있는 말들이다.

감히 내가 《세미 팡세》라고 본서에 이름을 붙였는데, 파스칼님, 당신에 대한 존경의 의미이니 부디 용서해 주시기를…!

시집 중 으뜸으로 내가 꼽는 것은 윤동주님의 《하늘과 바람과 별과 시》다.

시인 윤동주님은 글마다 날짜를 적었는데, 나 또한 날짜를 적는 습관이 있다.

나의 학사논문 제목은 〈밤과 별 - 신앙시인으로서의 윤동주〉였다.

나의 첫 직장 지학사는 아현동에 있었는데, 나중에 동교동으로 신축 이전했다. 신촌오거리, 연세대 교정 등이 나의 삶터, 일터, 놀이터였다. 연세대에 가면 윤동주 시비가 세워져 있다. 그가 누볐던 신촌을 나도 누비고 다녔다.

나의 두 번째 직장 가이드포스트는 종로에 있었는데, 나중에 신촌으로 사무실이 옮겨졌다. 또다시 신촌이 나의 삶터가 되었고, 결혼 전 데이트 무대도 신촌, 결혼 준비도 연희동과 신촌, 아현동 등에서 했다. 신촌, 연세대 교정, 윤동주… 내 마음속 한쪽 방을 아련히 차지하고 있다.

천국에 가면 예수님도 만나 뵙고, 성경인물 중 내가 젤 좋아하는 요셉도 만날 터인데, 윤동주님도 그곳에서 만날 수 있지 않을까… 파스칼님과 악수도 하고… 후후!

윤동주처럼 사유하고, 윤동주처럼 글 쓰고, 비극적인 죽음일지라도 어떤 면에선 (변절하지 않은) 윤동주처럼 죽고도 싶다. 그의 〈서시〉를 존경의 마음으로 되뇌이며 본서를 마치고자 한다. 여호와 닛시!(여호와 나의 기, 여호와 우리의 깃발!!)

서시(序詩)

윤 동 주

죽는 날까지 하늘을 우러러
한 점 부끄럼이 없기를
잎새에 이는 바람에도
나는 괴로워했다.
별을 노래하는 마음으로
모든 죽어가는 것을 사랑해야지
그리고 나한테 주어진 길을
걸어가야겠다.

오늘밤에도 별이 바람에 스치운다.

1941. 11. 20.

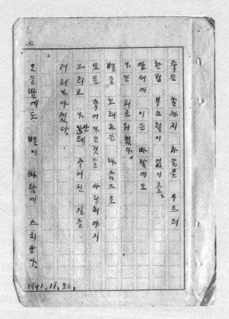

윤동주님의 육필원고